ちくま文庫

キオスクのキリオ

東直子

筑摩書房

【目次】

イラスト　森下裕美

キオスクのキリオ

迷いへび

赤茶色の液体に箸を入れると、黄色く丸いものが浮かんできた。さつまいも、と心の中でつぶやく。箸でつまむとあっけなくほろりとくずれる。少しはがれた赤紫の皮が汁の中でゆるくたなびいて、茶色の澱《よどみ》の中に沈み込む。椀を片手で持ち上げて口に含むとほのかに甘い。うん、うまい、赤出汁、と思い、そのことを口に出したいと思ってその後ろ姿に目をやるが、そのとたん心に浮かんだことがふっと溶けたようになり、言葉にはしなかった。

十分程前に、おみそしる、のみはる？　と訊かれて、キリオは、うん、もらおかな、とまばたきをしながら答えたのだった。ミイコは口を横にのばして、にっと笑った。小さな白い前歯とその奥の赤い歯茎も見えた。

——卵焼きも食べはる？

——これから焼くんやね。

――はい。

――時間かかりますか？

――ちょっと。でもすぐ。

――そんなら、ちょうだい。

――なら、おみそしる飲みながら待ってて。

――ごはんは？　あ、いい自分で。

――せまいね、ここ。

――ごめん。

――ううん。

口を閉じたままミイコは笑みを浮かべた。キリオちゃんかわいい、とうつむいたまま言う。キリオは、かわいい、このオレがかわいいかあ、と胸の中でつぶやきながら味噌汁をすする。かすかに気管に汁が入り込み、アやば、と思った次の瞬間、激しくむせる。座卓として使っているコタツの白い天板に茶色い水玉が転々と浮かぶ。キリオはさらにゲホゲホと苦しい息を吐く。

ミイコが、キリオちゃーん？　と高い声を上げて、二人の間の数歩の距離をゆっくり歩いて近づいた。むせ続けるその背中に頬を当て、だいじょうぶう？　と鼻から抜ける声を出す。

——あわてんと食べてや。

キリオは、ぐぐ、と咽喉《のど》を鳴らしてそれに答えた。

やっと落ち着いて、目じりからにじみ出た涙をぬぐうと、目の前に黄色いものが湯気を立てていた。

——できたよ。卵焼き。食べて。

ミイコに促されてキリオが口に含むと、ほんのり甘くて、しっかりしょっぱい。ミイコの味だな、と思う。甘くて、しょっぱい。さっきのさつまいもの味噌汁もそうだった。目を上げると、ミイコの目とまっすぐに交差する。ミイコは目をそらさず、じっとこちらを見つめて、またにっと笑顔を見せ、白い粒状の歯をこぼした。

かつて味わったことのないような甘い気持ちが胃のあたりからじわじわとわき上がってくる。同時に、その底にはつんと冷たい一点があることもキリオは感じている。

いってらっしゃ〜い、と送り出されたキリオの胃はあたたかくふくらんでいた。錆の目立つ外階段をカンカンと音を立てて下りながら、こんなことがあってもいいのかなあ。いいか、いいのかな、まあいいか、オレの人生、たまにはちょっとくらい、いいこともないとなあ、とまた今日も思い、曲がり角で口笛を一つひゅっと吹いた。

なんで？　キリオはそのとき、両手を脇にぶらんと下げて、きょとんとした表情を浮かべた。猫背ぎみで、唇がひょっとこのようにつきだしていた。

——なんで、オレ？

何度もキリオは首をかしげて尋ねた。ミイコは、だって、ともじもじ言ってしばらく黙った。おもむろに顔を上げて、だって好きやから、とやや斜め下からキリオを見つめた。

——好きやから。そんだけ。そんだけじゃ、ダメかな？　ダメなんかな？

——す、好きって、あんた、そんなの言われたって、オレはあんたのこと、なんも知らんのやけど。

——うちは、知ってます。おっちゃんのこと、知ってます。よう知ってます。うち、おっちゃんのこと、前からようく見てましたから。

——なんで、あんたのほうは知ってはるの？　オレたち、どこかで会った？

——キオスク。

ミイコが一文字ずつ区切って確認するようにその言葉を口にしたとき、キリオは一瞬の間を置いてからあっと叫び出そうになった。気取られないように動揺を押さえつけようとしたが、そうしようとすればするほど鼓動が速くなっていく。

――おっちゃん、キオスクにいてはるでしょ。

――は、はい。たしかに。

――それ、見てて。キオスクで、おっちゃんが一生懸命働いてるの見てるうちに、うち、おっちゃんのことが、好きになったんです。なんか、かわいらしい人やなあって、最初思って、ほんでそういうふうに見てたら、もうほんまに、かわいいわあ、って、なんもかんもがかわいなってきて。

――おっちゃんですよ、オレ。かわいいとこなんか、どっこもあらへんと思うで。

そう言いながらキリオは、まんざらでもないような微妙な表情を浮かべた。

――かわいいとこなんかないって、自分で思ってはるところが余計かわいいねん。おっちゃんが照れた顔しはったら、ほんまかわいい。おっちゃんはうちのこと、なんも知りはらへんし、興味もないの、うちがお茶とかたまに買うときに対応してくれはる感じですごいわかってってんけど、でも、それはそれで、好きって、それ、どうしても、しょうがないもんやし。

――いや、しょうがないって言われても……。

――おっちゃん、キリオって名前でしょ。

――はい。

名前も知られてたのか、と、キリオは思わず背筋を伸ばした。

――そのこともね、自然にわかったの。うち、道歩いてたら、前を偶然おっちゃんが歩いてたの。おっちゃんが仕事終わって駅から出て帰るのんと、うちが歩いていく方向が偶然おんなじで、それで、あ、なんかこれ、運命とかそういうものなんかもしれへんな、って思えてきて、もしかして悪いことかもしれへんけど、そうするのんが当たり前な感じで、途中から完全におっちゃんのあとついていった。そしたら、お家とフルネームがわかりました。

――それ、ストーカーって言うヤツやないんか。

ミイコの黒い大きな瞳がとたんにじわじわ湿ってくる。キリオが、おや、と思っているうちに、涙はみるみる溜まり、ぽとぽとと雫《しずく》になって、ミイコの目からつぎつぎにこぼれ落ちた。

――そんなふうに、言わんといて……。

――や、ちょっと、あんた、こんなとこで泣かれたら、オレがいじめてるみたいで、誰かに見られたらまずいやんか。やめてくれや。

キリオは止めたがしかしミイコはしくしくしくと泣き、しだいにひくひくとしゃくりあげ始めた。

——ま、まあ、あんた、とにかくうちに上がってください。家、せまくて、汚いけど。

ミイコは泣き止み、顔を上げた。

——ほんま？　うちのこと、家に入れてくれはるの？

ミイコは、涙を頬にはりつけたまま、きらきら輝く笑顔を見せた。キリオは全身の神経が弛緩したような表情でうなずいた。


まあ、一回家に入れてしまったら、なんていうの。なしくずしってやつが、あるやないですか。ねえ。まあ、そこは大人の男と女だし。いくらあの子が若いって言ってもね。いきなり知らん人をって言ったらアレだけど。でも考えたらどんな関係の人も、生まれた家の人以外は、みんな最初は知らん人でしかないわけですよ。その子のことよう見たら、いや、よう見んでも、かわいい顔してるし。だいぶ鼻ぺちゃやし、目と目は離れてるし、垂れてるし、ま、お世辞にも美人やないんやけど、なんていうのかなあ、愛嬌ある子で、こんなちっこい子になにができる、っていうのもあって、まあ、オレのことせっかく好きやって奇特なこともゆうてくれてはるんやから、どうにかしたらんとかわいそうになってきてな。

キリオは、女の子を家に入れたことについて、聞かれたからには仕方ない答えましようか、というような態度でそのように話していた。

そんな得体の知れない子、気持ち悪いじゃないですか。ぜったい騙されてますよ。と言われないこともなかったが、そんなときキリオは、わはははは、と豪快に笑った。

そんときは、そんときやし。オレは家族もおらんし、おっちゃんやし、なくして惜しいもんなんか、一つもあらへん。オレを騙したいなら、根こそぎ騙しなはれ。なんも出えへんと思うけどな。わははははは。

キリオは、ほんとうは不安だった。でも、しあわせだった。

——へび、おらはるんやね。

キリオの家の寝室に置いてある大きな水槽を指さして、ミイコは言った。

——ああ、へびね。こいつは、迷いへび。

——迷いへび？

——この先にある池に散歩に行ったら、ぽちょん、ぽちょん、水の上で跳ねてるてん、そいつ。ああこいつ、あんまり一人ぽっちで淋しくて気がおかしうなって、自分がこの先どこへ行ったらいいのかぜんぜんわからへんようになったから、こないして跳ねてるんやろうなあって思ってね。つまりやな、どこ行ったらええのかわからへん迷いへびやったんや。それで見とったら、跳んだのはええけど、落ちるときに池の岩に思いきりぶつかって、へび、そのまま気ィ失ってのびてしもうて。アホやな。けどなんかそのアホっぽいところがかわいいような哀れなような気もしてきて、これはほっとけへんと思って連れて帰って、ここで飼うことにしたんよ。オレと一緒に暮らせば、へびもさみしくないんやないかなってね。

——へえ。池で跳ねてたんや、このへび。

ミイコがへびを見つめたままつぶやき、目を細めた。瞳がきらりと光った。

——あんた、もしかして、へび、気持ち悪いか。気持ち悪いんやったら、また池に戻してきてもええんやで。べつにこいつに義理とか責任とかそういうものがあるわけやないからな。

——そんなん、せっかくここに来たのに。うちはぜんぜん気にならへんよ。一緒にうちら三人でここで暮らせばええやん。

——三人、ってあんた、その言い方はちょっとおかしいんちゃうか？

くふ、とミイコは歯茎を見せて笑い、キリオの背後にまわりこむと、背中から腕を回し、少々出てきているそのお腹に両方のてのひらを当てた。へびさんもきっとよろこんでるし、と広い背中にしみこませるようにミイコが言うと、そうやと思います、とキリオはやけに神妙な声を出した。水槽の隅でとぐろを巻いていた青白いへびは、ゆるゆるとぐろをほどいて、身体を細長くのばした。

――ミイコちゃん、ほんまに家に帰らなくてもええのん？

キリオは思い出したように言う。

――うちに、出ていってほしいのん？

いかにも悲しそうな声でミイコが答える。

いやいや、そんな意味ではないんだけれど、と、足の爪を切っていた手を止めて、ミイコの頭に手を添えた。ミイコは一瞬、ふにゃっと水滴の当たった蛙のような顔をしたあと、手をのばしてキリオの手首を摑んだ。

――足さわった手でそのままさわらんといて。

ミイコが強い声で言った。

――や、これは悪かった。

キリオはミイコからあわてて手をどけると、手、洗ってくるよ、と立ち上がった。

その手をミイコがふたたび摑み、止める。

――まだ足の爪、全部切ってないやないの。

――あれ、そうやったかいな。

――中途半端はあかんで。うちが整えたげる。そこ、座って。

――なんか、悪いな。あんまりきれいなもんやないし。っていうか、今、足さわった手でさわるなって言うたのに。

――自分でさわる分にはいいの。

ミイコが親指の先を指でつまんでぎゅっと力を入れたので、キリオはぎゃっと声を上げた。その声を聞いて、ミイコがひひ、と笑う。

――ミイコちゃん、痛いわ。乱暴はやめてや。

痛くしてごめんな、と言いながら、ミイコは人さし指の先でキリオの足の親指をなでた。

――いっぱいがんばって生きてきた人の足やね。

――そうか？　そんなん改めて言われると、自信ないけど。ミイコちゃんも、まだ若いけど、いろいろがんばってきたんやろな。

ミイコはそれには答えず、唇に軽く力を入れた。小さな笑窪が浮かぶ。キリオの足の指を一本一本確認しながら、その爪を爪切りとやすりで整えていった。

——ちゃんと磨いとかないと、うちに当たったとき痛いんよ。

——なんや、自分のためか。

キリオは一瞬、ミイコのふくらはぎの皮膚を、自分の足の指の爪で擦《こす》る図を想像した。もやもやした心持ちになってきたので、窓に目を移した。薄い雲が空をゆっくり流れていくのが見えた。

——はい、終わり。おつかれさん。

ミイコはさっと立ち上がって、へびさんのことも見たらな、とつぶやいて水槽のある寝室へ移動した。もやもやした気分の続いていたキリオは、ミイコのあとを追った。寝室では、ミイコが水槽から持ち上げたへびを見つめて、キリオが見たこともないような満面の笑みを浮かべていた。へびとミイコの親しげな様子にショックを受けるキリオの前で、へびはミイコの手の上でくるくるとまるくなったかと思うと、するりと腕にまわって這いのぼり、首をゆっくりと一周してから肩をなで、もう一本の腕に巻き付きながら降りてきた。ミイコはへびにそうされている間じゅう半眼になってうっとりとしていた。キリオは、へびとミイコの息の合った様子を、口を半開きにしたまま放心状態で見つめることしかできなかった。

──なんでこないになついてんねん。

　キリオの視線に気づいたミイコは、急に目つきが険しくなった。

──いつからそこにおったん？

──いつからって、さっきからずっとおったんやんか。なんやミイコちゃん、集中してたから、声かけづらかった。

──ふうん。

　ミイコは、唇をとがらせたまま、へびを水槽に戻した。へびは数センチほど水を張った水槽の中でゆっくりととぐろを巻いた。

──のぞき見してたわけや、ないよ？

──のぞき見犯は、みんなそう言うよね。

──のぞき見犯、とか犯罪者扱いはひどいで。

　キリオは、ミイコの肩を摑んで抱き寄せた。ミイコはキリオの右手の甲の上に右手のてのひらをやわらかくかぶせる。

──うち、へびさわった手、まだ洗ってないねんよ。

──そんなの気にせんかて。あいつはオレらの家族なんやし。

──家族。

ミイコがキリオから逃れるように身体を前のめりにするので、キリオは力を入れて抱き寄せた。かすかに夏草の匂いがする。ミイコの身体はほの白くてやわらかい。

半信半疑で迎え入れたのに、この世にこんなにのめりこめる生き物がいることを生まれて初めて知ったかのように、いつの間にかキリオのほうがミイコに夢中になっていた。おまけに掃除や洗濯、食事の用意までしてくれる。

天国や。

キリオは、気持ちよさそうに隣で眠るミイコの横で、天井を見つめたまま思った。窓から入ってくる外灯のほのかな光に、ミイコの頰が青白く照らされている。指をのばしてその頰にさわろうとして、手を止めた。それにふれたとたんすべてがぽん、と消えてしまうような気がしたのだ。

夢が覚めるのは嫌だ、夢が覚めるのは嫌だ。けど、さわりたい。

思わず顔を近づけてその頰にキスをした。

キリオはミイコの頰にそろそろとふれる。ミイコは消えない。キリオは安堵する。

——おっちゃん、くさい。

ミイコが低い小さな声でそう言った。キリオはドキリとしたが、ミイコの目は開いていない。寝言のようなものだったのだろう。

キリオは布団を被りなおし、溜め息を一つついて目を閉じた。

――そんなことしてたらあなた、捕まりますよ。

キオスクの同僚のヨシノさんが、眉間に皺を寄せた。

――そ、そうでしょうか。でも、その、無理やりとかじゃ全然なくて、向こうがうちに来たくて来た、という形なんですけど。

――その子、一体いくつですの？

――年は、いや、特には聞いてないんですけど、若いことは、若いみたいです。

――十代じゃないんですか？　未成年者監禁とか、よく知りませんけど、そういうこと訴えられたら終りだと思いますけどね。

――監禁なんて。別に外出ていくな、なんてことは言ってへんし、合鍵だって貸してあげてるし。

――とにかく、向こうの家族と連絡を取って、安心させてあげなきゃいけないんじゃないですか、大人として。まあ、その子にしても、なにか問題があってよっぽどのことでやってきたんでしょうけれど。

――はあ。

――あなたの手に負えないんでしたら、警察に届けるべきなんじゃないですか。

――警察⁉　そ、そりゃあ、なんぼなんでもかわいそうやわ。

――なにも犯罪者としてつき出すわけではないんですから。きちんと対処していただくためでしょ。悪いことは言いません。絶対そうしたほうがいいですよ。その子のためにも、キリオさんのためにも。

――そ、そうかあ、そうなんかなあ。

ヨシノさんは、咳払いをした。

――それで、あなたたちは、どこまで……。

――え？

商品チェックをしながら、ヨシノさんもまた、訊きにくいことずばり訊くもんやな、とキリオは思い出し、肩をすくめた。

――あ、しまった、また途中で数がわからへんようになった。

自分のあまりの集中力のなさにあきれて、ぼりぼりと頭をかいた。

――おっちゃーん。

客が来たと思ったキリオが、はい、お伺いいたします、と来客モードで答えると、商品の向こうに立っていたのは、ミイコだった。

——あれ、ミイコちゃん、こないなとこになにしにきた？

——なにしにって、電車に乗りにきたに決まってるやん。駅の中なんやから。

——そりゃそうか。電車に乗ってどこまで行かはるんですか、おじょうさん。

——もう行ってきた。今、帰り。

——へ？

——冷凍マウス買いにいってきた。

——冷凍マウス⁉

——あのへびさんも、たまにはそんなものも食べたいかなと思って。へびさん、すごいよろこんでくれると思う。

——ミイコちゃん、あんたえらい、へびのことには熱心やな。

だって、とミイコはうつむいて、もじもじと話す。おっちゃんが仕事行ってしまったら、へびさんと二人きりやし、淋しかったし、へびさんおってよかったなって、思えたし。

へえ、とキリオは返事をし、淋しくさせて悪かったねとやさしく言うと、ミイコは頭を横に振った。細い髪がふわりとなびいた。

そんな二人の様子を、ヨシノさんが横目で見つめていた。

黄みがかった白い液体の中に、銀色のスプーンを入れる。オレンジ色の塊が顔を出す。淡く湯気が立っている。口に含むと、甘くてしょっぱい。ミイコの味だとキリオは思う。思いながら顔を上げると、ミイコの顔がある。目が合う。ミイコが笑う。ほっぺたに白いものがついている。

――ミイコちゃん、ほっぺたでもクリームシチュー食べてるよ。

――いややわ。とって。

キリオがティッシュでそれをぬぐう。

丸めたティッシュをゴミ箱に捨ててから、あんなあ、とキリオはおもむろに口にする。

――やっぱり、ミイコちゃんの家族と、連絡取りたいねんけど。

ミイコの顔色がさっと変わる。

――やっぱり、うちのこと、邪魔やった？　追い出そうとしてはる？

――いやいや、そうじゃなくて、ちゃんとここにいること伝えて、ミイコちゃんのご家族にも安心させてあげたいなって思うて。

――家族なんて。

ミイコは横を向いた。顎がとがっている。

――家族なんて、そんな人たち、うちにはおらへんもん。

――ほんまに、そうなんか。

　やっぱりすごい喧嘩とかして家飛び出してきたとか、よっぽどな事情がいろいろあったんやろうなあ。キリオは、ミイコに対して同情的な気持ちになる。人間、誰だって人に言いたくないことも、あるよなあ、と目線を天井に向けつつ思う。

――でもなあ、どこに住んで誰と生きるかっていうことは、一人だけの問題やないんやで。なんていうかそのう、良識ある日本国民の一人として、やなあ。

――良識ある日本国民と違うもん。

――それ、どっちが違うの？　良識？　日本国民？

――両方。または片方。

――うーん。

――キリオちゃん、誰かになんか言われた？

――う、うーん……。

――キリオちゃん、これからいろんなことがあるよ？

――ん、まあ、人生、そりゃ、いろいろなことがあるんやろうね。

――いろんな、いろーんなことが起きるのに、誰かから言われたことでそのまんま流されて行動して、それでええの？　もういいおっさんやのに。

ミイコは立ち上がってこぶしを握っている。

人に流されて、といえば、たしかにそうやけど、この年まで一人で生きてきて、誰かに言われてこうなってる、というより、誰の言うこともよく聞かないうちにこうなってしまった、というほうが正確なんだが、とキリオは戸惑う。

なにも言い返そうとしないキリオに業を煮やしたのか、ミイコは腕を組んで、背中を向けた。

――まあ、そんなに意固地にならなくても。わかった、もう家族に連絡取るとか言わへんから。

――ほんま？

ミイコは背中を向けたまま言った。

――ほんまにほんま。ほんまもんのほんまに。

キリオは腰を落としたままミイコの前にまわりこみ、ミイコの顔を見上げた。ミイコは腕組みをしたままその顔を上から見下ろす。とたんに芯をなくした布のようにふにゃりと力を落としてしゃがみこんだ。

——うち、キリオちゃんのこと、好きよ。けど、あんまり長いことおったらあかんかもしれへんね。

キリオははっとして、ミイコの肩を摑み、首を勢いよく左右に振った。

——そんなことない、そんなことない。ぜったいない。

辛抱できなくなってミイコをがしっと抱きしめた。

——オレ、あんたのこと好きや。ほんまのほんまに好きになってしもうた。どこにも、行くな。

ミイコは白い小さなてのひらで、キリオの背中をとんとんと叩いた。

ぬるま湯で顔を濡らし、目を閉じたまま石鹸を摑もうとしたキリオは、違和感を覚えて手の中のものを見て、ぎゃっ、と声を上げた。手の中のピンク色のものはキリオの手を滑って床に落ちた。

——どないしたん？

——どないもなにも、なんやこれ。

——あ、冷凍マウスが。

――なんでこないなところに置いてあんねん。

――かわいそうに。

ミイコはしゃがんで冷凍マウスを両手で拾い上げた。

――かわいそうもなにも、へびの餌やろ？　やるんやったら、さっさとやってきたらええやん。

ミイコのきりりとした目がキリオを捉えた。

――一度ちゃんと解凍せなあかんの。せやなかったら、へびさんお腹こわしはんねんで。

――けど、こんなとこで解凍せんかてええやんか。

――台所には置かんといてってキリオちゃんが言ったから、こっちにしたんやんか。

――無理に、そんな気持ち悪いマウス食べさすことないやろ。

――気持ち悪いとか、ひどいわ。へびさん、これ食べて、大分元気にならはったんよ。

――まあそうかもしれへんな。ここに連れてきてからずっと、ちょっと元気なかったからなあ。

――ほらあ。

――けど、単純にあんたが昼間おるようになって、退屈しのぎができるようになったからかもしれへんで。淋しくて池で跳ねてたへびだけに、淋しくなくなると、元気出てくるんやな。

――そのことなんやけど、うち、へびさんは淋しいわけやなかったと思います。

――じゃあ、なんで跳ねてたん？

――ただ、跳びたかったから跳んだ。それだけと違いますか？

――そうなんかな。

――うちが好きでここに来た、というのとおんなじで。

――まあ、そう言われてみたらそうやなあ。そしたら、へびに気の毒なことしたんかもしれへんな。そや、こいつもう、元の池に戻しにいこう。

――え、へびさん、池に返しはんの？

――淋しいわけやなかったら、ただ無理やり連れてきただけっていうことになるし。へびはへびの本当のお家に返して、こっちは二人で、水入らずで暮らそうや。な。

――う、うん。……そやね。でも、これはあげてくる。

ミイコがてのひらのマウスをキリオに示した。

――かわいい顔して死んでるな、こいつ。

――かわいい顔して、死んでる。

ミイコがキリオのセリフを繰り返した。

件《くだん》のへびは、週末に池に返そうということになった。

次の日の夕方、キリオは早番の仕事を終えて帰宅する途中で、不思議な人影を見た。若い女性の後ろ姿のようだが、肩のあたりにゆらゆらと動く黒い影がある。

あの後ろ姿は、もしかして……。

キリオは胸騒ぎがして、その後ろ姿を追いかけた。果たしてそれはミイコで、首にあのへびをぐるりと巻いているのだった。

――ミイコちゃん、首にへび巻いて、いったいどないしてん。

――キリオちゃん、ちょうどよかった。うち、へびと一緒にあの家出ていきます。

――え？　なんで⁉

――なんでても。

――いや、そんなん、ずっとオレの家にいてもいいって言ったばっかりやないか。ずっと、一緒に暮らそうって。

――うん。キリオちゃんはそういう気持ちでも、うちは、ここを今すぐ出ていきたい気持ち。

——オレのことが、嫌になったんか？

——ううん、キリオちゃんのことは嫌いやないよ。キリオちゃん、しぶい人やと思う。けど、うち、気が変わった。

——気が変わったって、こんなに急にか？

——一緒に暮らすまではもんのすっごく好きやった。けど、気はちょっとずつ変わってたみたい。人生いろいろあるって、ゆったでしょ。

——そんな、オレは、あんたのことがもう、ものすごく好きになってしもうたのに。こんな、突然……。

——ごめんね。

ミイコは首をかしげて、ゆっくりとまばたきをした。かわいい。そしてあんまりだ、とキリオは思う。

——あんた、これからどこへ行くんや。行くとこあるんか？

——うん。……月に、帰ります。

——月にって、あんたかぐや姫かいな。

——そんなもんかもしれません。じゃあうちは、へびさんと行きますので。いろいろありがとうございました、キリオちゃん。さようなら。

――ちょ、ちょっとそんなん。もちょっと説明してくれへんと、オレ、納得できへん。

――気持ち、うまいこと説明すんの、むずかしい。

ミイコの顔の前でへびが鎌首を上げて、二股に分かれた舌をひゅるりと出して、ふたたび引っ込めた。

――もしかして、あんた、最初からそのへびに会うためにオレんとこ来たんとちゃうんか。

ミイコが頬に笑窪を浮かべた。

――ご想像におまかせしますー。

ミイコはくるりと身体を反転させ、背中を向けた。どんどん暗くなっていくばかりの道で、うれしそうにへびを首に巻いて遠ざかっていくミイコの背中を見送りながら、キリオは身体の力が抜けて、へなへなとその場にくずれ落ちた。手に持っていたスーパーの袋も音を立てて道に落ちた。

――やっぱり、夢やったんかいな。

道に接していたキリオの膝に、ねばりけのある透明な汁がふれた。ミイコに卵焼きをつくってもらおうと買った卵が割れて、白身が流れ出したのだった。キリオはそれに気づいたが、冷たいとも、温かいとも、感じることができなかった。

まあ、人生、そりゃ、
いろいろなことがあるんやろうね

調合人

昨日から、ウ、ウラジミールオストックっていう言葉が、あ、頭について、離れないん、ですよ、と男は言った。その話がしばらく続くと思って、へえ、とあいまいな返事をして特に興味も持てない話の続きをぼんやり待っていたキリオだが、男はそのまま黙りこんだ。え、話それで終わるんかいな、とキリオは怪訝《けげん》に思いつつ、しゃがんだままの男につきあって、自分もしゃがんでいた。

しばらくどちらもなにも言い出さないので、ウラジミールオストックって、なんや聞いたことあるような気はしますけど、とキリオは、なんとなく間をもたせるために話し始めた。なんでしたっけねえ、都市の、名前でしたっけ、人名でしたっけねえ。

——間違い、だったんです。

男はぽつりと言って、かすかに笑った。唇の間からのぞいた歯が黄ばんでいる。

——そう、ですか、そうですよね、なんかおかしい気ィしてましたわ。

――ウラジミール、と、ウラジオストックが、まじった、っていうか。ウラジミールは、人の名前で、ウラジオストックは、都市の名前です。ウラジミールオストックなんて、どこにもいないし、ありません。

　男がうつむくと、耳の長さまである前髪が束になって顔に垂れた。毛先が少しカールしている。

――どうでも、いいことですが。

――……たしかにね。

　男はうつむいたまま、息を長く吐いた。またしばらく沈黙が続いた。キリオは落ちつかなくなって口を開いた。

――仕事、楽しいですか？

――はあ。た、楽しいとか、そういうことではなくて、ありがたい、と思っています。ジュース、詰めるだけで、お金、もらえて。

　うつむいて半分閉じたその目の、睫毛《まつげ》が無駄に濃くて長いな、とキリオは思う。

――あんた、もしかして今まで、仕事したことなかったんですか。

　男は顔を上げた。まばらな前髪の間から、大きく見開いた目が見える。

――いいえ、仕事は、してました、家で。

──それは、失礼しました。

──家で、してても、金、もらってたら、仕事、と、言え、ますよね。

赤紫色の上唇がめくれ、黄色い乱ぐい歯に引っかかった。

──そりゃあもちろん、会社だろうと家だろうと、それでメシ食ってたんやったら、堂々と仕事って言っててええやろう。

終始おびえた様子の男をはげますように、キリオは言う。

えーと、と言いながらキリオは、一度聞いたきりの男の名前が思い出せず、どこかに名札のようなものはないかと男の胸のあたりを見る。男は察知して、カワシマです、と名乗る。

──ああ、カワシマさん、それで、今まで家でどんな仕事をしてはったんですか。

──薬の、調合を。

──ほう。

──草を、かわかして、調合する、漢方薬みたいな。

──そんな特技があるんですか。

──私、醜いでしょう?

カワシマは、髪の隙間から瞳を光らせた。キリオはぞくりとする。

――いや、そんなこと……。

愛想笑いを浮かべるキリオの顔をじっと見るカワシマの表情が暗い。顔色は青白く、乾燥して皮膚がはがれかかった唇が赤い。

――醜いんです。よくわかっているんです。そこの、ところの、現実は、ね。

――いやあ……。

――だから、なるべく、外に、出なくても、すむ仕事を、探して、いたんです。

――ほほう。

――インター、ネット、で、いろいろ、調べて、いたら、草の、成分や薬効、を、家で調べて、報告する、仕事が、見つかり、ました。いろんな、草を、組合せ、ての、こ、効用、なんかを、ネズミ、とかで、調べて、オリジナルの薬草を、作って、売っていた、会社です。

カワシマは、浅い息で言葉をつまらせながら、キリオに話し続ける。

――法律に、違反、するほうの、ま、麻薬、とかでは、ありません。胃弱、とか、貧血、とか、風邪、なんかに、よく効く、草の、薬なんです。風邪、なんかのときには、会社、から、教わった通りの、配合で、薬を作って、飲んだら、よく効きました。家族、にも、あげた、ら、喜んで、くれました。

――家族、いはるんやね。

――はい。

カワシマの頬骨がかすかに上がり、うれしそうな顔になる。

――両親と、妹が一人、います。

家族のことが好きなんだな、とキリオは思う。

――兄の私は、こんなん、ですけど、妹は、ほんとに、すごく、かわいくて、ええ。

カワシマは、自分のセリフに自ら納得したように何度もうなずいた。

――そうですか、妹さんが、かわいいんやな。

――そ、そそそ、そ、そそりゃあ、もう……。

カワシマの顔が真っ赤になる。

――私の、生き甲斐、って言ったら、お、大げさかもしれませんが、ええ。

――しかしそんなにかわいいんやったら、もてはるんでしょうねえ。

膝の上で握っているカワシマのこぶしがピクリと動く。

――え、ええ、も、もちろん、い、いろんな人に、妹は、好かれました。なにしろ、私は、こ、こんなですけど、妹の、ほうは、社交的で、誰とでも、すぐに仲良くすることが、できますから。

カワシマが咳こんだ。大丈夫か？　とキリオが背中をさすると、カワシマは咳こみながらさっと身体を移動させ、手で、そんなことはしなくてもよいという動作を示した。身体をさわられるのが嫌なんだな、ととっさに悟ったキリオは、はは、よけいなことしたな、と宙に浮いた手を高く上げてから、頭をかいた。

——ところであんた、なんかオレに用があったんとちゃいますか？

カワシマは、手で口を押さえ、咳こみそうになっている咽喉《のど》を必死にこらえているのだろう。顔が赤い。目も潤んでいる。

——どうしました？

カワシマは、首を振りながら、ますます真っ赤な顔になっていく。口を押さえていないほうの手を激しく振りながら、キリオの前から去っていった。

——なんやあいつ。大丈夫かいな。

カワシマは、最近キリオの働いている駅の自動販売機の中身の補塡をしている男だった。受け答えや動作の一つひとつが、いちいちぎこちない様子が気になって、キリオのほうから何度か声をかけるうちに、カワシマのほうから初めて話しかけてきたのだった。

あんな調子やったら今の世の中で生きていくんは難しいやろうなあ、とキリオはつぶやく。まあ、オレに言われたくもないやろうけどな。はははっ。かすれた笑い声を思わず出してしまい、おっと、と口を押さえた。案の定、ヨシノさんが視線を向けてきているのに気づく。

――なにか、楽しいことでもありましたか？

――あ、いや、べつに。失礼しました。

肩をすくめた。咳払いしてから、あの人のこと、ヨシノさんはどう思います？　と訊いた。

――あのひと？　あの、ずっと引きこもりだった方のことですね。

――いや、引きこもりっていうか、ずっと家にはいたんやろうけど、家の中で仕事はしてはったみたいやで。

――へえ……。

ヨシノさんは、右手で左の肩を押さえながら言った。

――まあ、ここで仕事できてるんですから、以前もどこかでなにかの仕事をしていたとしても不思議はないですよね。見た瞬間に、ずっと引きこもっていたのではないかと思ってしまいました。

――人間、なんでも見かけで判断したらあかんです。

――失礼しました。ですが、もう少し髪形には、気を配ったほうがいいと思います。ワカメみたいに顔に貼りつく髪はさっぱり切り落として、もっとさわやかにすべきではないかと。キリオさん、あの方と仲がよろしいようですから、なにかアドバイスしてあげたらいいのではないですか？

――え、オレからアドバイス？　いやいや、おっさんにだけは言われたない、と逆ギレされるんがオチなんちがうかなあ。

――誰かが言ってあげなければ、生涯気がつかないままですよ。

ヨシノさんがキリオの目を見る。

――女の人から言われたほうが、ショックが大きいやろから、ヨシノさんから言ってもろうたら、効果的なんとちゃうかなあ。

キリオが顎に手をやると、ヨシノさんは、目をそらした。

キリオはカワシマに背を向けて、やかんから急須に沸かしたての湯を注いでいる。

――わ、わ、わたしは、ヨ、ヨシノ、さんに、嫌われているの、で、しょうか。

――いや、そんなことはあらへんと思うで。あんたいろいろ気にしすぎ、ちがうかな。

まあでも、ここやったら、誰もおらへんから、誰かに話聞かれることないしな、まあ、なんでも思ったこと話しはったらええわ。

カワシマに淡い緑色の大きな湯呑をわたす。近所の寿司屋にもらったもので、店の名前と電話番号が焼き付けてある。カワシマはそれを、軽く首を縦に振ったあと、受け取る。カワシマの顔の前で淡い湯気が立つ。

――ヨ、ヨシノさんから、い、一緒に住んでる彼女が、いる、いるかもしれないから、気を、つけるように、って言われてたんですが。

――ああ、ミイコちゃんのことか。あの子なら、もう出ていってしもうた。

カワシマの表情が、同情に似たものに変わったのを感じたキリオは、まあ、たいしたことやないよ、と言ってお茶を飲んだ。カワシマも促されたように湯呑を傾けてゆっくりとお茶を飲んだ。

――悪いな、わざわざ呼んどいて、なんもなくて。ミイコちゃんがおったら、しょっぱい料理でも出してあげられたのにな。謙遜《けんそん》ちゃうで、ほんまにしょっぱいんや、あの子のつくるもんは。

カワシマはまた、黙って首を縦に振っている。

――しょっぱい、しょっぱいって、オレがしょっぱい気持ちになってくるがな。はははは、はは。

　キリオが乾いた笑いを噴き出すと、カワシマがかすかに片方の口から歯を見せた。

おお、つられて笑いよった、とキリオは気づき、ははは、とわざと笑った。

——む、むむむ、む、むりに、笑わないでください。

　カワシマの目が潤んでいる。

——悲しくなります。

——はは。そんなに気にしてくれへんでも、大丈夫やで。女に出ていかれるんは、初めてのことやないし。

——前にも？

——前にも、別の女と暮らしてたことは、ある。

——もてるんですね。

——もてるって、どんなんをもてるって言うのか知らんけど、まあ、普通やで。いや、普通よりか、ぜんぜんもてへんかったで。おっさんになってからは、ずうっと一人やったし。

——私は、一度も、じょ、女性から、こ、好意を、も、も、もたれたこと、なんて……。

――いやいや、あんたまだ若いんやし、これからや、こ、れ、か、ら。

言いながら、お酌でもするようにカワシマの湯呑にお茶を注ぐ。ぽたぽたとしか落ちてこない。

――あ、お湯がないわ、ちょっと入れてくるな。

キリオが立ち上がると、カワシマが、お茶はもういいですから！　と大きな声を出した。

――ん？　そうか。さっきからずっとお茶だけ飲んでるから、お腹たぷたぷになってもうたか。

ま、ええか、とつぶやき、キリオはふたたびカワシマの前に座った。

――は、話、聞いてくれますか。

カワシマが姿勢を正してかしこまる。

――そりゃ、聞くがな。聞くために、こうしてここにあんたを呼んだんやないですか。オレの家に人が来るなんて、めちゃくちゃめずらしいことやねんで。

――わ、私は、自分の部屋に、人を入れたことは、一度もありません。たとえ、妹でも。

――ああ、妹さん、かわいいんやったなあ。

――はい、それは、もう、とても、とても……。

――自慢やねんな。

いや……、と言いながらカワシマの口角の片方が上がる。うれしそうや、とキリオは思う。

――かわいくてしょうがないんや。

――ええ、まあ、それは……はい。

カワシマが頬骨を上げたまま肩をすくめる。しかし、みるみる悲しい表情に変わる。

――どないした。

――い、妹は、それは、それは、かわいくて。私が、こんなに醜い顔に、生まれたのに、い、妹は、それはそれは、かわいくて。

――なんか、あれか。もしかして親が、妹ばっかりかわいがって、自分はほっとかれとった、とかみたいに、ひがんでるってやつかいな。

――い、いえ、そんな気持ちは、ぜんぜんなくて、り、両親は、やさしい人、たちで、私の、ことも、い、妹も、わけへだてなく、そ、育ててくれました。と、いうか、い、妹と、私は、年が、離れていましたから、同じ子ども同士、というより、私も、両親のほうに回って、っていうか、な、なんとなく、妹の、ほ、保護者、的な、そ、存在だった、ように、思います。

——だった、って、いうことは、妹さんは、もう、家には、いてはらへんのやな。

——い、いいい、いいえ、家に、家に、今も、います。い、一時期、いませんでしたけど。

——ほお。進学かなんかしてて。

——いいえ。け、け、けけけ結婚、してましまして。

カワシマが顔をふるわせた。

——おお、それはめでたいことですねえ。あ、でも今は家に帰ってきてはるんや。

——ええ、それで、なんだか、落ち込んでいるので、なんとか、元気を出してほしくて。

——なんで家に、戻ってきはったん？　って、いうようなことを訊いてよければ、ですけど……。

——し、死に、まして。

——ええ？

——い、妹、じゃなくて、その、あ、相手の、おと、男の人が、ある日、突然、死に、まして。

——旦那さんが、亡くなったって、ことですか。まだ、若いのに？

——ええ、私、よりも、若い、人でした。

——子どもは？

——いません、でした。け、結婚して、い、一年、しか、経って、いなかったの、です。

——そりゃあ、妹さん、いちばんしあわせな時だったというのに、不幸なことでしたな。

カワシマの目がふらふらと揺れる。左手で、シャツの裾をぐっと摑んでいる。

——ふふふ、ふ、不幸な、こと、でした。と、とても、今、お、落ち込んでいて、見て、いられ、ません。

シャツの裾を摑んだまま、人さし指と親指をこすり合わせる。

——それで、私は家で、く、く、薬を、つく、る仕事を、やめ、て、外で、なんとかは、は、働くことに、したんです。

——なるほどな。家にいるのが辛くなったんやな。けど、せっかくずっと続けとった仕事やめたんは、もったいないな。

——そう、なんです、が。あの、わ、私の、話は、そこから、は、始まるん、です。

――そこから、って？

カワシマは、ごくりと唾を飲んだ。

――す、すみません、やっぱりお茶のお代わり、い、いただけますか。

キリオが淹れなおしたお茶をゆっくりと飲むと、カワシマは空の水槽を指さして言った。

――あれは、なんですか。

――ああ、あれか。あっこでへび、飼ってたんや。

カワシマが目を見開いた。

――へび、好きなんですか？

――いや、べつに、好き、ってほどでもないけど、まあ、池で淋しそうにしてたへび、捕まえてしもうたから、なりゆきで飼ってただけやねん。

カワシマは、また首を縦に細かく振る。

こいつもなんや淋しいんやろな。キリオは思った。へびと一緒で。へび連れてミイコが出ていったように、ここにかわいい女の子が現れて、こいつ連れて帰ったら、おもろいやろなあ。

——今、笑いました？

カワシマの首が長く伸びている。

——へ？

——今、笑いましたよね、わ、私のこと、笑いましたよね。

——いやいや、あんたそれ、被害妄想ってヤツやで。

——わ、わた、私は、いろんな人に、わら、笑われ、続けてきたので、今さら、わ、笑われるくらいで、傷、ついたり、なんて、しません、よ。

カワシマが弱々しく笑った。

——その顔、傷ついてるように見えるで。

——やっぱり、私を、笑ったんですね。

——いや、違うって。ただ思い出し笑いしただけやって。

——思い出し笑い、ばっかりする人は、い、い、いやらしい人だと、妹が、よく言っていました。

——悪かったな。オレはやらしいよ。

——じ、自分で、自分のことを、そ、そういう、ふうに、ずばり、と、言える人のことが、とて、とても、うら、うらやましい、です。

――あんた、気にしすぎやで。いろんなもん、もっと気にせんと生きていったら、楽になんで。

――はい。わ、私も、いろんなことが……、いろんなことを、き、気にせず生きていけたら、どんなに、どんなに楽か、と思います。生きていくのが、毎日、生きていくのが、ほんとうに、今、つ、辛くて、仕方がないのです。

――うん。辛そうや。

――でも、家族は、こんな私のことを、い、一度も、わら、笑ったりしたことは、ありません。

――立派やな。

――特に、妹は、かわいくて。

――それはなんべんも聞いたがな。

――か、かわいい、だけではなくて、やさしくて。

――最高やな。

――はい。ほんとうに、芯からやさしくて、笑顔が、ほんとうに、と、とろ、とろけるくらいかわいくて。

――あんた言うなあ、自分の妹つかまえて。

――ほ、ほほ、ほほほほ、ほんとのことなんです。

――誰も嘘やなんて言ってへんやんか。

――い、妹は、お兄ちゃん、お兄ちゃんって、私のことを、いつもニコニコしながら、追いかけてきてくれて。

――あんたが相当、妹さんをかわいがりはったんちがうか。

――ええ、そりゃあ、もちろん。い、妹がしてほしいと言ったことは、なんでも、とにかくなんでもしてあげましたし、ほ、欲しがったものは、なんとしても手に入れてあげました。そして夜、眠る前には必ず、妹が眠りに入るまで、手を握って、頭をなでてあげていたのです。

――なんや、一緒の布団で寝てたんかい、兄妹で。

――い、いいい、いえいえ、それは、妹が、五歳くらいまでで、頭をなでるのは、布団の外に、私が、座って……ええ。

――それ、いつまでやってたん？

――妹が、け、け、結婚、して出ていく、その前の晩まで、してました。い、妹は、これで、最後なんだね、淋しいな、と、つぶやいていました。

――切ないんか、気持ち悪いんか、わからん話やな。

カワシマが突然、立ち上がった。

——気持ち悪いだなんて、言わないでください！

——あ、ごめん。こりゃ、悪かった。

カワシマがはっとした顔になった。

——こちらこそ、すみません、こ、興奮、し、してしまって。

ふたたび座り込み、猫背になった。

——で、その、なんや、あんたのこと絶対笑わへんやさしい、かわいい妹の旦那さんは、なんで亡くなりはったんや。

カワシマが湯呑を取り落とした。

——あ。

色あせた畳の上を、うすみどり色の茶がすべっていく。

——すみませんっ。

カワシマは、シャツの裾であわてて拭きはじめる。畳の色がそこだけ濃くなる。

——あんた、そんなもんで拭かんでええって！　そのまま座っとき。今、ぞうきん持ってくるから。

キリオがぞうきんを絞って戻ってくると、カワシマが四つんばいになって濡れた畳に顔を近づけて、ヒィー、ヒィー、と泣いていた。

――どないしたんや。

キリオは、厚みのある大きなてのひらで、カワシマの肩に手を置いた。

――悲しいこととか、辛いこととか、身体の中にためこまんと、全部出してしもうたらええねん。楽になんでえ。

それを聞いたカワシマは、ますます、ひいひい高い声を上げて泣いた。

少し時間がたってから落ち着いたカワシマは、ふたたび妹の話をはじめた。彼女がどんなにかわいくて、自分がどんなに彼女を愛していたかをとつとつと話してやまないのである。キリオは、いいかげん妹ラブの話には飽きてきていたが、がまんして、ときどき合いの手を入れつつ聞いていた。

――く、薬の調合を、する、仕事を始めたときも、も、ものすごく、喜んでくれて。すごいね、お兄ちゃん、お、お兄ちゃんの、薬、すごくよく効くね、天才だねって。これでちゃんと、一人でも、生きていけるねって、言われたとき、ちょっと悪い予感が、したんです、けど。

カワシマの目が暗く濁る。

――はあ、あれですか、今度、会ってほしい人がいるんですっていう……。

カワシマの口がゆっくりと開いた。

――どうして、妹の言った言葉が、わかるんですか。

――そりゃもう、だいたいの流れで。

――わ、わた、私には、ま、まさに、せ、青天の霹靂《へきれき》、というの、ですか。か、身体に、カミナリが、落ちて、まっぷたつに引き裂かれたような、それはもう、もうのすごい、衝撃でした。

――そんだけかわいがってはった妹さんに、恋人ができた、っていうのは、ショックかもわからんなあ。

キリオがのんびりと話すと、カワシマの目がみるみる潤んできた。あっという間に目じりから涙があふれ出す。

――あんた、それ、思い出し泣きってやつかいな。思い出し笑いよりやらしいで。

――すいません。

手の甲で涙をごしごしこすった。

――なんかあんたの話聞いとったら、お兄ちゃんが妹のことを思ってる話を超えて、恋人に別の恋人ができて、ショック受けてるみたいやで。

カワシマが目をカッと見開いたまま黙りこんだ。キリオは、ありゃ、核心をついてしまったかと気づいたが、口には出さなかった。

——たしかに、私は、心の底から、妹を、あ、愛していました。愛し、すぎていたのだ、と、思います。

——そうかもしれへんね。

——私、は、私、自身の、醜さを、それゆえの、底が、見えない、ほどの、暗い、性格を、憎んで、いました。呪って、いました。なぜ、自分、は、この世に、生まれてきたのか、わから、なかった、のです。生まれて、こなければ、よかった、のに、と思い、ました。人生、の、すべてに、絶望、しかけて、いたの、です。そんな、私の、目の前で、いつも、たった、一つの、希望の、光、として、輝いて、いた、のが、妹、でした。妹、は、私の、すべて、でした。

カワシマが、ごくりと唾を飲んだ。つられてキリオも唾を飲む。

——かわいかった……。なにも、かもが、好き、でした。妹、が、私の、そばから、いなくなる、と、いうことは、それは、私に、とって、死、と同じ、ことに、他ならなかった、のです。

——そんな大げさな。

キリオは場をなごませようとしたが、つきさすようなカワシマの視線が返ってきただけだった。

——妹が、恋人、を、家族に、紹介するために、家に、連れてくる、ことに、なり、ました。

——そんなん、あんたには辛いだけやな。

——そう、です。辛い、だけ、です。わかって、いました。わかって、いて、あ、会わ、会わないわけには、いかず、つ、辛かった、です。恋人が現れたときの、妹の、あの、うれしそうな、輝くような、笑顔。今までに見た、どんな、笑顔、よりも、美しく、愛らしく、甘く……。私に、向けてくれた、どの表情とも、違っていました。これが、ほんとうの、恋を、して、いるときの、顔なのか、と、思いました。

——で、その、恋人っていうのは、どんな人やったんですか。

——と、とても、すてきな、かんじの、人、でした。妹に、負けないくらい、きれいな、顔を、した、青年で、さ、爽やかで、すべてが、清潔で、洗練、され、ていて、私、とは、なにも、かも、ま、真逆、の、こ、好青年でした。女、なら、誰もが、彼、に、魅かれる、で、あろうことは、よ、容易に、り、りりり理解、できました。その、人も、どんな、に、妹、のことを、愛しているか、は、妹を、見る、目、で、肩に、さ、さりげなく添える手、で、わかりました。

——そりゃあ、兄ちゃんとしては、たまらんなあ。

——はい。たまらん、かったです。ほ、ほんとうに、私は、気が、おかしく、なりそうでした。いえ、な、なりました。

——そうかあ。って、え？

——気が、おかしく、なった、なって、しまったんです。

カワシマは、遠くを見る目をしている。

——私は、ネズミを、使った、実験をしていたって、言いましたよね。

——はい。

——マ、マウスがね、なぜか、十日後に、必ず、死んでしまう薬が、できたんです。滋養強壮、の、目的で、開発した薬、だったんですけど、ね。十日間は、いつもより、ずっと、元気に、走りまわるんですけどね、十日経ったら、なぜか突然、心臓マヒ、を、起こして、死んで、しまったんです。

——え、もしかして、あんた……。

——薬を、人間に飲ませました。

——ええっ。

——元気になれる薬ってことで、食事後に、家族みんなに出しました。私も飲みました。ただし、十日後にマウスが死んでしまう薬は、あの人、に、妹の、こ、恋人に、だけ、出しました。元気になれるのか、楽しみだなあ、とその人は言って、妹、と、ニコニコと、顔を合わせて、から、うれし、うれしそうに、それを、飲み干し、ました。

——それで、その人、死んでしもうたんかいな！

——その、薬を、人間、が、飲んだ、のは、初めての、ことです。どんな、効果が、現れる、のか、わかり、ません。でも、彼が、突然、心臓マヒで、亡くなった、のは、私が、薬、を、飲ませて、から、丁度、一年後の、ことです。すでに妹、の、夫となって、いた、彼は、直前まで、いつもと変わらず、ずっと、元気にしていたのに、夜になって、妹の、隣で突然、苦しみだした、そうなの、です。妹は、救急車を、呼びました。い、妹は、きゅ、救急車が、と、到着する、まで、冷たくなっていく、彼の、身体を、だ、抱きしめて、いた、そうです。

——…………。

——きゅ、救急車が、運び込んだ病院で、死亡が、確認、されました。死因は、心臓マヒによる、自然死、と、病院、で、判断、されました。私の、薬に、よる、ものかどうか、は、誰、にも、私、にも、わかりません。でも、二年で死ぬ、ハツカネズミ、の、十日間は、人間でいえば、一年くらいにあたります。

カワシマは、顔を上げて、キリオをまっすぐに見た。

――あんた……。

キリオは言葉を失う。

――誰、にも、ほんとうの、ことは、わから、ないのです。たしかなのは、愛、する、夫を、突然、亡くして、は、廃人の、ように、なってしまった、妹が、今、私の、家に、戻ってきている、という事実だけです。

――あんたはそれで、満足なんか？

――妹には、元気に、なって、ほしいと、思います。私が、なぐさめようと、する、と、なにも知らない、妹が、がしっと抱きついてくるんです。しくしく、しくしく、泣きながら、抱きついてくるんです。淋しい、悲しい、と言いながら、抱き、ついて、くれるんです。わ、私は、それを、うれしい、と思ってしまうんです。い、妹と、抱き、あった、の、なんて、子ども、の、とき、以来、でしたから。妹は、や、やわらかい身体を、よせて、わ、私に、言う、んです。小さい声で、ささやく、ように、言うんです。お兄ちゃん、薬を、ちょうだいって。

——薬？

——よく効く薬を、ちょうだいって。今すぐ死ねる、よく効く薬を、ちょうだいって……。

カワシマは、頭を抱えてうずくまる。

——それで、私は、薬を、作る仕事を、廃業、することに、しました。お兄ちゃんは、もう、薬を作れないんだよ、って、妹に、言う、ために。妹、には、生きていて、ほしいん、です。元気に、生きていて、ほしいん、です。どうしても、生きていて、ほしいん、です。私、には、妹、が、必要、なんです。どうしたら、いいの、でしょうか。

カワシマは、涙で汚れた顔を上げた。

あんたはそれで、満足なんか?
キリオ

夕暮れ団子

——あのう、すみません、お訊きしてもよろしいですか。今、何時ですか。

——ああ、はい。ええと、二時半ですね、お昼の。

キリオが腕時計で確認して時間を伝えると、その女性は、リスが胡桃《くるみ》を咀嚼《そしやく》するときのように顎を縦にこまかく揺らしてから、ほんとうに二時半、なんですね、お昼の、とゆっくり言って、キリオの顔をじっとりと見た。

——え、なんですか。

キリオの声を聞いてかすかに笑おうとしたその女性の唇は、しかしかえって引きつったようになり、眉は下がり、瞳がうつろに流れ、焦点が定まっていないのがまるわかりになった。片方の口角だけ引っ張られた唇はかすかに開いて動いているが、言葉も声も発せられなかった。

なんやこの人。なんも考えられへんようになってはるわ。キリオは心の中でそう思ったあと、なにか、あったのですか、とできるだけおだやかな声で語りかけた。

ああ、とうめくようにその人は言うと、なんでも、ない、です、けれども、じつは、なんでもなく、は、ないのです、と上目遣いでキリオを見た。

——はあ。

なにやら言いにくいことがあるみたいやな、含みを持たせる見本みたいな顔して。キリオは推し量りつつ、あんまり関わり合いになりたくないタイプだなあ、とも思った。そのキリオの心を見透かしたように、その人はなおもキリオにまっすぐに顔を向けてくる。

——言って、いいですか。聞いて、くれますか？

——あ、はいはい。ご用事があるのでしたら、聞きますとも。

キリオは気持ちの底にあるものとは反対の答をとっさにしてしまった。答えながら、オレはアホか、と思う。

女性は目尻を下げて、良かった、と言いながら黒いカーディガンをするりと脱いだ。キリオは一瞬ぎょっとしたが、もちろんその下には白い半袖のシャツを着ていた。いちばん上のボタンまできっちりと止めている。

——まだ二時だと思ったら、急に暑くなってきちゃった。

カーディガンを手提げにしまうためにしゃがんだので、下からキリオを見上げながら言った。

——はあ。

——ずっと、夕方みたいなんですよ、私。

——え？

——暗いの。うすぐらいの。世界が。だから、時間を訊いたのです。

——目が、悪いんですか。

——そう、そうなんです。

ゆっくりと立ち上がりながら、まばたきを二度続けてした。焦点の合わない瞳が潤みはじめている。

——ある日ね、急に、こうなってしまったの。聞いてくれますか？

——さっきから聞いてます。

——こんなところじゃなくて、もうちょっと落ち着けるところでしっかり話をしたいってことじゃないんですか？

ヨシノさんが、キオスクの中から突然話に加わってきた。

——あなた方、はっきり言って、邪魔になってます。

今日の新聞を整えているところに話しかけられたキリオは、そのまま新聞の前で話しこむ形になっていた。

——すみません、ご迷惑をおかけして。とりあえず、これをください。

女性は、新聞を一部抜き取ると、ヨシノさんに差し出した。

——こういうのをね、こうゆうところで読むのがね、もう辛いんです。

二人は駅構内にある休憩所の折り畳める机の前の折り畳める椅子に座っている。ドアについているのぞき窓以外に部屋に窓はなく、蛍光灯が天井についているが、雑然と置いてある荷物が影をつくるのか、やや薄暗い。女性は、ニムラと名乗り、買ったばかりの新聞を机の上に広げたのだった。

——それやったら、眼鏡かけはったらどうです？　老眼鏡とか。

ニムラは顔を上げて、キリオをにらんだ。

——老眼なんかじゃないです。私、そんな年に見えますか⁉

あまりに大きな声だったので、ドアの向こうに声が漏れたらしく、のぞき窓から、ちらりと中をのぞいていく人の顔が見えた。

キリオは焦りながら、ニムラの顔をよく見た。髪をむぞうさに一つに結び、そこからこぼれた髪が顔にかかり、それがやや老けた印象を与えるが、肌は白く張りがあり、三十代であることを窺《うかが》わせた。

——こ、これは失礼！

——小さい字が読みにくいとかそういうことじゃなくてね、暗いんです。ずっと夕暮れの中にいるみたいな。突然、こんなことになってしまったんです。

——そりゃあ、なんというか、難儀なことですなあ。しかしですねえ、そんなことオレに相談されても、なんにもできへんっていうか、オレは、ただのキオスクのおっさんやし。そういうことは、やっぱりお医者さんとかに相談しはったらええんとちゃいますか？

——そんなの！

ニムラは立ち上がった。

——とっくの昔に相談しているに決まってるじゃないですか！　お医者さんに行っても行っても、どこに行っても治らなかったから……どうしても、治らなかったから……ここに……。

——ここに？　キオスクに？

——……キオスクには、なんでもあるって、昔、祖母が。

――いやあ、目ぇ治す薬はないでえ、それもそんな、お医者さんでも治されへん難しいのんは。

――でも、ここには、もしかしたら他のところにはないものがあるんじゃないかって思わせるなにかがあるでしょう？

――いや、キオスクになくて他の店にあるもんやったらなんぼでもあるけど、キオスクにあるもんは、他の店にもたいがいあるもんやで。

――そんな。もっと、ご自分のお店にプライドを持たれたらどうです？

――そんなん言われてもオレが物決めてるわけやないし。しかし、ニムラさん、でしたよね、ニムラさん、そんな状態でようここまで一人で来はったな。

――一人で電車に乗ったりするのは、大丈夫なんです。たいがいのものは見えてて、だいたいのことはできるんです。ここも、よく使う駅ですから、どこになにがあるか記憶は確かで、階段や通路の長さ、改札の位置なんかもだいたい予想がつくので、身体がそれにそって動いてくれるんです。だから大丈夫なんです。問題は、これですよ。

新聞を広げたてのひらでバン！　と叩いた。

――活字が読めないんです。大きな見出しだけは見えるけど、中の文章は、読めないんです。べつにそれを、どうしても読みたいってわけじゃないです。でも、苦しいんです。すぐ目の前にあって、そこに文字があるってことはわかるのに、夢の中で文字を追ってるみたいになんにも頭に入ってこない。それが、苦しいんです。

――ああ、そうですか。お辛い気持ちは、よくわかります。新聞みたいな小さい字が読めないんは、こっちも最近そんな感じで、って、あ、老眼じゃあ、ないんでしたな。

ニムラが大きくうなずいた。

――お医者さんはね、検査できるものはぜんぶ調べてもなんの異常も見つからなかったし、考えられる治療は、ぜんぶやったって言うんですよ。だからそれはきっと、精神的なものに違いないって。

――精神的なもの……？

――精神的ななにかが障害になって、目の中の光を奪っている、って。

――目の中の光を、ねえ？

――私、思うんです。目の中の光って、希望の、比喩表現に使われたりするでしょう？

――はあ、そうですか。

――使われたりするんですよ。でもね、それ、ただの比喩表現じゃなくって、ほんとにそういうことなんじゃないかって。

——と、いうと？

——つまり、私の目の中の光が薄らいでしまったのは、私の中の希望が、薄らいでしまっているってことじゃないかって、思うんです。

——ほお。

キリオは、感心したように目を見開く。

——わかって、くれましたか？

——なんとなく。

——私、つまりはその、薄らいでしまったらしい私の希望を、取り戻したいのです。

——なんと。

——ええ。

ニムラは目を閉じて、ゆっくりとうなずいた。

——え、で、その、あんたの希望探しを、オレが手伝う、と？

——ええ、その通りです。

——いや、なんでそこまで。そんな、新聞一つ買っただけの客に。

——でも、客は客です。私、この新聞せっかく買ったのに、読むことができないんですよ。まがりなりにもこれをあなたは商品として売ってくださったのですから、これが商品として機能できるようにつとめる、売り主としての責任だって生じているはずです。

——ただの店員に、そこまでの責任はないやろう。

——あなたは機械でできた店員じゃないでしょう？　血の流れた、心を持った、人間でしょう？　私のこと、ちょっとは不憫《ふびん》に思って手助けするくらいの心遣いを見せてくれてもいいと思うんですよ。

ニムラは、顔を少し傾け、微笑んだ。痛々しい笑顔やな、とキリオは感じる。いろんなものをあきらめてきたような、と。ムタイなことをお願いされてるな、と思いつつも、ニムラに同情のようなものも感じてしまったのだった。

——で、オレは、なにをやったらいいんでしょうか？

ニムラの顔がとたんに輝いた。

——私のこと、手伝ってくださるのですね？

ああ、と声を漏らしながら、キリオはぎくしゃくとうなずいた。

——いつから、こんな状態になったのかと言うと、はっきりとはわからないのです。ときどきふっとあたりが暗く感じられることは、以前からときどきあって……でも、それって、急に雲が分厚くなって、昼間なのに夕方みたいに暗くなることってあるでしょ、そういうのが起こってるんだと思って、最初はべつだん気にしなかったんです。このごろ曇が多いよね、なんて人と話していて、なに言ってるの、ここのところずっとバカみたいに晴れてるじゃない、と言われても、え、そうだっけ、と首をひねるだけで、自分の目がおかしいだなんて思わなかったんです。ついたり消えたりする電気みたいに、私の目も、明るくなったり、暗くなったり、つまり、いろんなものが、よく見えたり、ぼんやりしか見えなくなったりすることが、交互に起こっていたんです、そのころは、まだ。

ニムラはそこまで言うと、まぶたに皺がよるほどぎゅっと目をつむり、ごくりと唾を飲み込んだ。

――だんだんね、それでもね、あ、あれ、あれあれ、と気付いてくるのですよ、私、おかしい、私の目、おかしいって。こんなふうに、こんなふうにいつまでもいつまでも、夕暮れのはずがないって……。そうなんです、いつの間にか、ずっと私、夕暮れの中にいたんです。道を歩いたりとか、人の顔を判別したりとか、にんじん切ったりだとか、そういうだいたいのことはできるんですけど、ね、細かいものが、とくに文字が、読みづらくて読みづらくて、そこに書いてあるらしきものが読めないまま過ごすって、ものすごく不安、というか、切ないんです。目の前にあるのに、わからないって、そこにある世界から拒絶されているようで。私、世界全体から取り残されているような、気がしてきました。

——それはあんた、大げさやで。

——大げさって、大げさって、あなたに私のなにがわかるんですか！

ニムラは、またバン、とてのひらで机を叩いた。その音でキリオもびくりとなったが、本人もはっとしたようで、すみません、と猫背になって小さく言った。

——わかりませんよ。そりゃあ、オレには、ほんとうには、あなたのその、切なさのことは。ちょっとは、想像できたとしても。

——それが、想像が、大事なんです。私も、ぜんぶわかってもらおうなんて思っていませんか。ほんのちょっと、想像してくれるだけでいいんです。そこから、他人ならではの解決の糸口のアイディアも見えてくるんじゃないかと思うんですよ。

——そんなこと、このオレができるようにも思われへんのやけど。

——お伺いしてもいいですか、あなたは……、お名前は？

——キリオ、です。

——キリオさんは、私のあとについて歩いてくれるだけでいいんです。しばらく私の目だと思ってついてきてください。

――いやいや、そろそろオレも業務に戻らんと。

キリオが歩きかけると、ニムラが顔をひどくゆがませてかたまった。キリオはぎょっとして立ち止まる。

――わ、わかりましたよ、ちょっとの間だけですよ。

キリオは、ヨシノさんに電話して、かくかくしかじか、説明した。ヨシノさんはすぐに理解を示したうえに、店は今は一人で十分だから、ゆっくりつきあってあげてくださいとまで言う。すぐに持ち場に戻れと指令が下ることをほんのり期待していたキリオの落胆が、肩や背中や表情に如実にあらわれたのだが、ニムラは全く気にとめていない様子だった。とまどうことなく改札を抜けて、するすると道を歩いていく。キリオは、とまどう気持ちを抱えながらも、ニムラの背中に引っ張られるようについていった。

――ニムラさん、あんたぜんぜん大丈夫そうに見えるけどなあ。

さっさと迷いなく足早で歩くニムラに、キリオは背中から声をかけた。

――道をただ歩くのは、大丈夫だって言ったでしょう。

ニムラは、誰もいない児童公園の中にふらふらと入り、ブランコをこいだ。こぎながら、キリオに手招きをする。

――いっしょに、こげってか？

ニムラがにっこりと微笑みながら、うなずく。

――ええ年こいたおっさんが、こんなもん。よいしょ。これでええんですかー。

キリオが、太い足をぶんぶん振って、ブランコを高くこいだ。

――キリオさーん、こぎすぎですよー。

ニムラは声を風に流しながら、揺れるブランコからすとんと飛び降りた。

――あんた、軽いな。

キリオは感心しながら、靴の底で地面を擦《こす》って少しずつブランコの揺れを止めてから降りた。ニムラはすべり台にのぼって、上からキリオのほうに手を振る。

――キリオさん、早く。私についてきてくれなくちゃ。

――すべり台まで一緒にすべるんかいな。

キリオは幅の狭い階段を二段跳びでかけ上った。

――せーの。

ニムラの掛け声とともに、二人は重なったまますべり降りた。

――たのしー。

ニムラの声が高い。

――ばかばかし。

キリオが低い声で言うと、ニムラが顔をさっと向けた。

――こんなことして、なんか解決になるとも思えへんのやけどなあ。それよりもその、あんたの精神的な原因というのを、もちょっと自分で探ったらどうやろうか。

――自分では、思い当たる節なんて、ぜんっぜんないんです！

ニムラはきっとした口調でそう言って立ち上がった。上目遣いでじりじりとキリオを見つめるが、目の焦点が合っていないのがはっきりわかる。

――今も、夕暮れですか。

――今も、夕暮れです。

――けどもうすぐ、ほんまもんの夕暮れがやってきますよ。

――それで？

――ほんまもんの夕暮れの中やったら、ニムラさんも、違和感なく暮らせるんやろ。

――そうですね、違和感なく、というか、今はみんなおんなじだと思えたら、安心はしますね。

――つまり、安心したいんか。

——安心、したいです。そりゃ、したいです。誰だってしたいでしょう？　安心。

相変わらず焦点の合わないニムラの目を見るのが切なくなったキリオは、ニムラが足をカタカナのハの字に広げて立っているそのつま先を、じっと見つめた。そこには蟻が這っていた。行列を作って、なにやら黒い塊を運んでいる。黒い塊は、もぞもぞと動いている。小さな芋虫を、生きたまま運んでいるのだ。

——見えますか？

キリオは地面を指さした。ニムラはしゃがんだ。キリオも遅れてしゃがむ。

——なにか、黒いものがもやもや動いているのは、わかります。

——蟻です。蟻が、エサ運んでってるんですわ。

——エサ？

——芋虫みたいです。まだ生きてるみたいで、ちょっとかわいそうな感じやけど……。

——蟻が、蟻の、エサ……。生きてるうちから、蟻の、エサ、蟻の、エサ、蟻の、エサ、蟻の、エサ、蟻の、エサ……。

ニムラはうつむいたまま肩を震わせた。う、う、と声も漏れ出す。え、泣いてるのか？　とキリオが思ったとき、きゃはははは、と顔を空に向けて、ニムラが大声で笑った。

な、なに……？　というキリオのつぶやきをかき消すように、ニムラはきゃははははは、と辺りをはばからず、かん高い笑い声を上げて地面に転がった。ニムラの身体が、蟻の行列にかぶさりそうになる。キリオがあわててニムラの身体を押さえた。

――ちょ、やめえな。

キリオがふれたことで、さらにスイッチが入ったかのごとく、キリオの腕の下で身体をのけぞり、ひぃーっとさらに高い声でニムラは笑う。

――なんでそんなことであんた笑うの。

――だってー、ひひひひひ、だってー、ひひひひひ。

ニムラの目尻から涙がにじんでくるのをキリオはみとめた。

――わかった。もうわかった。笑うしかないってときも、あるもんなあ。

ニムラから笑い声が次第に消えて、荒い息に変わっていった。

――そう、わら、う、しか、ない、の、よ。

整いきらない息に、言葉をとぎれさせながらニムラが言う。

――わら、って、も、むな、しい、けど、ね。わた、し、わたし、これ、から、どう、なる、の？　ね、おし、えて、ください、キリオ、さん。

仰向けに寝転がったままのニムラが、腕のばす。キリオはそれを両手で摑み、ぐいと身体を起き上がらせた。ニムラは腕をキリオの背中に回す。二人は地面に座ったまま抱きあった格好になる。

——お、おい……。

——キリオさん、キオスクの匂いがします。

——キオスクの匂いっていうのが、ありますか？

——ありますよ。いろんな人が、ちょっとだけ立ち寄る匂いがします。

——どんな匂いや。あんたは、ええ匂いするな。シッカロールみたいな。

——シッカロールなんて、使ってませんけど。

——カナカナが、鳴いてるで。

——ほんと、カナカナが鳴いてる。

——夕暮れや。あんたの得意な夕暮れが来たんやで。

——ほんと、私の得意な夕暮れ。これで、キリオさんもそれ以外もみんな、私とおんなじ夕暮れにいるんですね。私も、みんなとおんなじ中にいるんですね。

——いやいや、さっきからずっと、おんなじ中にいたんやて。ちょっと見え方が違っても、みんなおんなじこの世の中におるんやって。

——…………そう？

——大丈夫やって、オレが簡単に言ったらまた怒られるかもしれへんけど、誰もあんたを世界からはじき出したりとかしてへんって。

ニムラがふらふらと立ち上がった。

——今日は、夏なのに、そんなに暑くはなかったですねえ。って感じてるのも、私だけじゃないのね。

——そうや。

ニムラは目を閉じて何度かうなずいた。

——それはね、そうだろうとは思ってました。空気がね、こういうぬるい空気が世界をまんべんなく覆ってるのはわかるのよ。ていうか、それは前よりよくわかるくらいなのよ。空気がわかるのよ。ずっと夕暮れの中にいるとね。キリオさんは、どっち？

——へ？

——夕暮れと、夕暮れでない時間と、どっちの時間にいるの？

——え、そりゃあ、時計の針がこの時間です、って言ってる時間に、いつもいるはずです、けど。

——ほんとにそうかしら？

——ほんとに、って……？

キリオの眉が下がってくる。

——ほんとは、あなた、蟻まみれになって蟻に運ばれている蟻のエサなんじゃないですか。そういう可能性は考えてみたことないですか。

——なにがおっしゃりたいのか、意味がぜんぜんわかりません。

——はい、私も、今言ってる意味が、ぜんぜんわかりません。でも言いたいの。言わせて。言ってるうちに、夕暮れの謎が解けそうだから、言わせて。

——はあ、まあ、どうぞお好きに。こんなおっさんでよかったら。砂が雨をしみこますみたいに、なんでも受け入れてみせますわ。

——砂。

ニムラが砂場に目をやる。目がみるみる見開く。

——砂遊びしましょ。

ニカッと笑ったニムラさんの顔が、五歳くらいの女の子みたいだとキリオは思う。小さい子どもの言いなりになる父親のように、はいはい、このさいなんでもしまっせ、とキリオは応えて砂場に座った。砂場の砂は、さっきまで誰かが遊んでいたのか、表面がやわらかくうねっている。ニムラはてのひらで砂を深く深く掘りすすめ、湿った砂を掘り出してまるめた。

――かたいかたい、鉛の玉みたいな団子を作るの。

まんまるの砂団子の表面に乾いた砂をはりつけては、てのひらで丁寧になで、表面をつるつるにする。テニスボールくらいの砂団子は、ニムラの手の中でにぶい光を放ちはじめる。砂場の縁のコンクリートにそれを一つ置くと、また新たに団子を作り始める。五つも六つも砂団子が並んだところで、キリオは訊く。

――それ、なに？

――なにって、そんなの、爆弾よ。

――爆弾？

――これでね、破壊するの、世界を。してあげるの。

――………。

――今、思ったでしょ。

――え？

――この女、やっぱり気が狂ってるって。

――すんません、ちょっと、思いました。

――大丈夫よ。ほんとに狂ってたら、そういうこと相手が感じるってことも考えられないはずでしょ。私、ちゃんと目が覚めてるところは覚めてるの。大丈夫よ。大丈夫、大丈夫。ほんとはこんな砂団子が爆発するはずないって、わかってるの。わかってるけど、でも、千個に一個くらいは、ほんとうに爆発するものが作れるんじゃないかって思ってる。そういうこと思うのも、いけないことだと思う？　キリオさん。

――うーん。思うだけのことを、誰も取り締まれないからなあ。行動さえ起こさなければ、なにを思っても、自由なんちゃう？

――心は自由？

――自由、やと思う……。

――自信なさげに言わないで。

キリオは胸を張った。

――自由やと思います。

わざとらしくはっきりと答えるキリオのそばでニムラの肩が震えだす。笑っている。

――あんた、笑い上戸やなあ。

――そ、それ、キ、キリオさんが、わ、笑わ、笑わせるから、じゃないの。

――わろてるうちに、あんたの夕暮れから抜け出す方法が見つかったら、ええな。

ニムラが笑いながら首を振る。

――もう、抜け出せんでもええわ。あら、ええわ、って、キリオさんの大阪弁がうつってるわ。

——もっともっとうつったらええわ。どんどんこっちへ乗り込んできはったらええんや。

——いややねえ、おっちゃんの世界にそまるなんて。もうすぐ私もおばちゃんになるんだけどさ。いち、に、さん、し、ご、ろく、なな。うん、七個できた、爆弾もどき。

——で、それどないすんの？

——選んで。

——選ぶ？　オレが？

——そう。一つ選んで。千個も作れなかったから、確率はものすごく低いけど、世界をほろぼすほどの爆弾になっている可能性もある砂団子を、一つ選んで。

——いや、それはいくら頼まれても、選ぶわけにはいかんな。オレ自身のことは、まあ、もう正直ええかなって思うけど、もっとずっと、この世界で生きててほしい人とか動物とか、いっぱいおるし。だから、悪いけど、それは選ばれへんわ。

——そっか。そりゃあ、そうだね。私も、それは同じ、かも。私、悪いこと考えた。悪い、悪いこと、考えすぎた。いくら確率がめちゃくちゃ低いからって、世界よほろべ、につながるそういうのは。心は自由っていっても、ぜんぶ自由、ではないね。人を巻き込むのはいけないね、やっぱり。

――ニムラさん、あんたいったいなにがあったんや？　それ、オレに話すだけでも案外すっきりするんと違うか？

　ふふ、とニムラは笑った。

――キオスクにはなんでも売ってるわけじゃないって言ってたけど、キリオさん自身は、なんでも持ってる気がします。

　キリオは両手をひろげてみせる。

――なにも、持ってませんよ。

――お手上げの格好なんかして。その格好のまま、これ一緒に踏んでくれますか。場合によっては、爆発するかもしれませんけど。

　ニムラは、砂場の縁で夕陽を鈍く照り返す砂団子を指さした。

――またまたそんな。せっかく作ったきれいな砂団子やからこのまま置いときはったらええわ。子どもさんがここへ来たら、喜ぶで。

　キリオがあとずさりしようとすると、ニムラが鋭い声で、逃げるの？　と問いかけた。

――まさか。

キリオは砂団子に近づくと目を閉じて足を上げた。そのままゆっくりと足を下ろし、足の裏で砂団子を踏む感触を確かめた。団子はあっけなくくずれ、もとの砂に戻った。目を開けて、砂で汚れた砂場の縁をまじまじと見る。

他の砂団子はすでにニムラが足で踏みつぶし、さらにその上からなんども踏みつけていた。

なんや、憎しみこもってるみたいですなあ、とキリオが半ばからかうような調子で声をかけたが、ニムラは真剣なまなざしでそれを続けた。

――憎しみなんて、ありませんよ。この世に憎しみなんて、ありませんよ。あっちゃいけないんです。

そう言いながらニムラは足踏みを止めない。

――自分だけがいつまでも夕暮れにいることが、少し悲しいだけです。

――夕暮れも終わって、もう夜になりかかっていますよ。

――そうなんですか。それも気がつかないんですよね。どうにもずっと暗いから。

――公園に水銀灯がともってきましたよ。灯は、見えますか。

――ええ、まあ、なんとなく。

ニムラさんは顔を上げた。

――ぜんぶぼんやりして、宇宙にでもいるみたいです。
――まあ、ここも宇宙のはしくれには違いないけどな。
――砂団子爆弾、一つも爆発しませんでしたね。
――ほんまやな。助かったわ。
――虫が鳴いてますね。夜の虫が。
――おかげでみんな生きてるわ。
――そうですねえ、ぬけぬけと。

ちょっと見え方が違っても、
みんなおんなじこの世の中におるんやって

トラの穴

――ひさしぶりやなあ、キリオくん。大きなったなあ。大きゅうなったたっちゅうか、なんや、老けたな。

――はあ……。

顔じゅうに皺を寄せて、人なつこい笑顔を向けてくるその老人のことを、キリオは記憶と結びつけることができなかった。

――ワシや、ワシ、ホシナや。

――ホシナ、さん？

――そや。なつかしいやろ。

ホシナ、と名前を言われても、やはりまだ記憶が掘り出せない。しかしなつかしいかと問われれば、なんとなくなつかしくなってくる。今はこの人のことを忘れているだけで、自分の名前も知っていることだし、どうやら子どものときからよく知っている人物らしいと推測したキリオは、老人の言うことにあいまいにうなずいた。話しているうちに思い出すだろうと踏んだのだ。

――いつの間にかこんなして立派に働いてて、ワシも鼻高い。

――いや、鼻高くしてもらうほどでも。

キリオは、謙遜《けんそん》しつつも、久しぶりに誉められた感触を味わい、ほんのりとうれしい気持ちになる。しかし相変わらず誰だか思い出せない。

誰でも若いころと年とってからは、別人みたいに変わりよるからな。キリオは思い出せない気持ち悪さを納得させようとした。

――ほんま、あのころはどうしようもない〝ごんた〟やったのにな、よう大人しくこんな狭いとこ入ってじっとして。

キリオは苦笑いをした。小さいころを思い返せば、たしかに子どもならではのいたずらの数々をしでかしてきた気がする。それはともかく、そんな狭っくるしいところでよく仕事をするもんだね、みたいにバカにされた気がしてきて、なんやろこのじいさん、とキリオは心の中でむっとした。だんだん相手をするのが嫌になってきて、目線をそらせ、わざとらしく目の前に吊るしてあるマスクの数を数えはじめた。しかしホシナはかまわず、いやえらいで、あんたえらいで、とからんでくる。

――ほんまのところは、やりたい放題の人間やのに。

――あの。

キリオは、顔をホシナに向けた。

――悪いですけどな、こっちも商売してるんやし、ここで無駄話ばっかりするわけにいかんねん。買うもんないんやったら、そろそろ引きあげてくれへんでしょうか。

ホシナの顔が一瞬で引きつった。

――無駄話って、無駄話って、なんや。せっかく、こんな、こんなして久しぶりに会えたっちゅうのに……。

ホシナの白い睫毛の生えた目のはしから涙が滲んでくるのがキリオに見えた。老人を傷つけて申し訳ない気持ちが俄《にわ》かにわきおこる。

――いや、まあ、その、話はいろいろ聞きたいんですけど、あいにく仕事中なんで、これ以上は、ちょっと。

キリオは、せいいっぱいのやさしさを演出しながら説得する。ホシナの目からしだいに光が消えていく。

――さよか。そりゃまあ、そう、やな。そう、やろな。仕事中は、仕事せな。な。

最後はキリオに顔を近づけ、ふうっと息を吐いたので、口のまわりの白い髭が少し浮いた。

——はい。

キリオは笑顔を浮かべながら一歩あとずさった。

とぼとぼと遠ざかる猫背の白シャツを眺めながら、こういう淋しげな背中は見たことがある気がする、とキリオは思い、なおもその人のことを思い出そうとする。子どもだった自分をかわいがってくれたり、気にかけてくれたりした大人は、親や親戚以外にも、両親とともに移り住んだ町々にいた。しかしその一時的な関わりの大人たちの、記憶の中の顔はおぼろげで、どうにもはっきりと思い当たらない。

けど考えてみたら、こっちもかわいらしい子どもから、くたびれたおっさんになってるんやから、大人からじいさんになるより、もっとずっと変化していてわからへんはずなのではないか。そうや、あのじいさん、きっとオレのこと誰かと間違えてはるんや。こんど戻ってきたら、はっきり人違いやと言うてやろ。キリオなんて名前も、他にもおりそうなもんやし。

——キリオさん、なぜ、いつまでもマスクを数えておられるのですか。

ヨシノさんが横目でキリオをじっとりと見ている。

——あ、いや、その、ちょっと上の空やったわ。

――あぶなっかしいですこと。ホームは危険がいっぱいですのよ。

――そうですか？

――そうですよ、不特定多数の人物と特定の電車が行き交う場所なんて。

――はあ。この世の中を乗り換えるために来たはずが、あの世に乗り換えてしまうこともあるってわけですか。

――そうです。

ヨシノさんが、遠くを見ながら、少しむっとした表情を浮かべて言った。キリオの言いまわしに不謹慎なものを感じたのだ。

――はいはい、気をつけますわ。

キリオは眉をやや下げて、首をすくめた。その動作が機嫌が悪くなってきていたヨシノさんを刺激したらしく、ヨシノさんはキリオに顔を向け、鼻に皺を寄せると、「シャッ」とひと言口に出してから、事務室に行ってきますと言い残して背中を向けて去っていった。

ヨシノさんの小さな威嚇《いかく》を受けたキリオは、くわばらくわばら、と小さくつぶやきながら、はたきを使って平積みにしてある週刊誌の上をぱたぱたとはたいた。と、とつぜん動きが止まった。はたきの先を、何者かが摑んだのだ。ホシナの手だった。ホシナとキリオの目がばっちりと合う。とたんに、白髭の口もとがゆるんでにっと笑う。

——な、なんですの。

キリオがはたきに力を入れて引きはがそうとすると、ホシナがさっと指を開いたので、勢いあまったキリオがぐらりと傾いた。

——やっぱり、いろいろほら、つもる話もあるやらないやら、せっかく久しぶりにこうして会うたんやから、もうちょっと話をしてみたくてたまらんのよ。あんたが仕事終わるころに、改札口のとこで待ってますわ。それ言いにきましてん。

ホシナは、キリオに向けた白いてのひらをひらひらと動かすと、横歩きのまま、再び去っていった。

なんやねん。オレは別にあんたと話したいことなんかないんやけど。なんにも思い出されへんのやけど。そやけど案外えらい世話になった人とかやったらあかんしな。

そんなことも頭をよぎり、こんなオレと話したいという奇特な人のことを邪険にするのもあれやしなあ、とキリオの中の律儀な部分が頭をもたげる。

——ええなあ、こんな明るいうちから帰れるんやなあ。

断言通り、一つしかない改札口で待ちかまえていたホシナは、大きすぎる声で明るく話す。

――まあな。ここのキオスク、夜ははやってへんから。けど、朝はまだ日が昇ったばっかりのうちから入ってるんですよ。

――そうか。のんのんさまとおんなじに働いてるんやな。はは、のんのんさま、やて。あんたが子どものとき、空に太陽出てきたら、のんのんさまやあ、って、ようゆうてはったから、ついワシも口に出してしもうたわ。

――のんのんさまがカッとまぶしい空が、オレ、大好きやったからな。って、そんなことよう知ってはりますな。

――なに言ってるんや。あんたの昔のことはなんでも知ってるがな。

――なんでもって、そんな、なんでもってことはないやろう。

――なんでも知ってるで。よう一緒におったやんか。なあ。忘れたとは言わせへんで。

あ、クリーム食べるか？

ホシナが指さした小売店の店先に、アイスクリームのボックスが置いてあった。

――あら、まだこんなん置いてあるとこあったんやな。近くやのに気付けへんかったわ。

キリオがぶつぶつ言っている間に、ホシナはさっさとボックスに寄っていき、ガラス戸をスライドさせて中を物色しはじめた。

――クリームはやっぱバニラやろ。今日はおっちゃんがおごったるわ。

おっちゃんって、おっちゃんはオレで、あんたはじいさんやろ、とキリオはつっこみたくなったが、えらいすんません、と大人の挨拶だけを返した。

――そんな言い方、水くさいで。あんときみたいに、ありがとう、って元気に返事しとくれよ。

キリオの目の前にバニラアイスの紙のカップと木製の平たい匙が差し出された。

――あ、ありがとう。

キリオは目をしばたたかせた。

二人は、店の横に置かれたベンチにアイスクリームを持って座った。プラスチックの赤い背もたれは思いきり変色しており、色あせたピンク、と言ったほうがふさわしかった。座面の横板は一つ抜け落ちている。ホシナは紙の蓋をつまみ上げると、蓋についたアイスクリームをぺろぺろと舌で舐めた。いい年をしてあんなことを、とキリオは驚いたが、実にうまそうにぺろぺろ舐めている姿が、少しうらやましくもなる。

――なんや、おまえ、なめへんのか。これがいっちゃんうまいんやって、いっつもゆうてたやないか。きどってんと、なめんかいな。

──あ、いや、まあ、はあ、まあ、それやったら……。

キリオも紙蓋の裏側を舐めた。舌先の甘味とほのかなつめたさに、紙の香りがまじりこむ。なんだかいけないことをしているような気になり、どぎまぎする。

こういうことしたなあ、と記憶の底から戻ってきた感覚をしみじみと感じながら、こんなんをいちばんうまい、なんて思ってうれしがってたころはしあわせといえばしあわせでしたな、とつぶやいた。

──そうや、しあわせやった。でも今も、しあわせや、あんたは。

ホシナは大きな口をあけると残り少なくなったバニラアイスをいっぺんに口の中に放り込んで口を閉じ、頬をふくらませた。黒目が中心に寄って、ネズミのような顔になった。

──そんなんしていっぺんに口に入れたら、咽喉《のど》につまってあぶないで。

キリオが言うと、口を閉じたままもごもごと答えようとしたが、なにを言っているかはわからなかった。そのうちに急に顔が赤くなりはじめた。

──ほら、苦しくなってきてるやん。もうそれ、口の中のもん、いっぺんぜんぶ出しなはれ。

しかしホシナはてのひらで口を押さえ、いったん口にしたものは二度と出すものか、と意地を張っているように首を横に振る。首を振っているうちに顔の赤みは抜け、頬もへこんでいった。アイスクリームは無事にホシナの咽喉を通りすぎて身体の奥へと溶け落ちていったようだった。

——このひと無茶しはるわ。ほんまに。

——なにを言うか。これこそがトラディショナルなクリームの賞味方法や。

——そんなトラディショナル、聞いたことないで。

キリオは、紙の箱の中でほとんど溶けかかっているバニラアイスを木匙で軽く練りながら口に運んだ。

——おまえは昔からそんなふうやった。いさぎよさが足りん。けど……。

ホシナの声が急にひどく低くなったので、キリオはぎょっとして、え、けど、なんです？　と続きを促したが、答は返ってこなかった。

かわりに、ほないこか、と言いながらベンチ横のゴミ箱にカップと匙を捨てた。キリオも従って、同じようにゴミ箱にそれらを投入して、ホシナについていった。

——まあとにかく、うれしいよなあ、こうしてまた会えて、話せて。

——はあ、あの。

ところで、どこで会ったんでしょうか。実はどうしても思い出せないでいるのです。

そのセリフさえ口に出してしまえば、あとは楽になれる。ほんとうに知りあいか、そうでなくてただの勘違いだったのか、はっきりする。キリオはそう決意して言葉を続けようとするのだが、前歯が欠けていることなど厭いもせずに見せるうれしそうなその顔に、今さら冷水を浴びせるようで、口に出せないでいた。

——あのころは、あんたころんだぐらいで、すぐ泣いたりしてな。

——そんな、泣き虫やったですか。

——まあ、ものすごい、ってわけやないけど、まあまあ泣き虫やった。子どもはだいたい、泣き虫や。それが仕事みたいなもんや。まあ、ワシとほんまに仲良くしてくれた子どもは、あんただけやけどな。

自分だけが仲良くなった大人、についてキリオは記憶を探る。近所の大人が遊んでくれたことばあったけれど、何人かの友達と一緒のときのことしか覚えがない。大人の大きな背中を見ながら歩いていた光景はぼんやりと浮かぶが、父親か母親の背中ばかりのような気がしている。ぼんやりとした記憶を頭で探りながら、目の前にいる人をながめると、その人の輪郭までぼんやりしてくる。

ああ、いかん、いかん。

キリオは、現実ごと過去のおぼろげな時間の中にまぎれこんでしまいそうになって、首をぶるぶると振った。

——あの、ホシナさん、オレ、実は、ほんまは。

——いや。

大きな声を出して、ホシナがキリオの言葉を遮《さえぎ》った。

——いらんわ。ほんまのこと、という名の、ほんまでもないことなんて。

——え？

——ほんまのこと、ほんまのことやゆうて、それらしい顔して「ほんまのこと」をみんな言うんやけど、ほんまのことがほんまやったためしがない。ワシの、少なくはない人生経験がそうゆうてる。「ほんまのこと」は、一人ひとり、その都度その都度、変わるんや。だから「ほんまのこと」なんて、存在せえへんのと同じことやねん。

——ほんまですか。

——ほんまです。ほんまのことはないってことは、ほんまです。

——うーん。

——なんや、ワシの言っていることに文句あるんか。

——文句なんて、そんなん、べつに……。

——ワシな、偶然会ったようなこと言ったけどな、実はあんたのこと、探してきたんやで。

——へ？

——あのこと、秘密にしといてもらおうと思うてな。ていうか、今まで秘密にしといてくれてありがとう、っていう気持ちっていうか。

——あのこと……、って？

——あのことは、あのことやがな。

ホシナは顔をそむけた。

——ワシもあのころは、若かったしな。

——なにか、あったんですか。

ホシナの唇の端が震えた。目の前は、キリオの自宅のアパートだった。だらだらと歩いていたが、いつの間にか自分の家についてしまっていたのだ。

キリオの視線を、ホシナが目で追って言った。

——ここが、あんたのうちですか？

——はい、そうです。あの二階です。

——今晩、泊めてくれへんかな。

——なんで？ 家、ないんですか。

――家は、あるよ。あるけどな、今日は、どうしても、帰りとうないんや。

――なんか、事情があるんですか?

――それ、話したら、泊めてくれるか?

――オレの家に?

――あんたにもけっこう原因があるっていうか、とにかく、まちがいなく関わってる話やねんで。

――家に帰れない事情にオレが関わってるとは、どうしても思われへんのやけど……。

　ホシナは無言でややうつむいたまま顔を動かさずに目だけキリオに向けた。つぶらな瞳に悲しみが宿る。

――……まあ、しゃあないなあ。

　キリオは、黄ばんだアルミの大鍋を銀色のおたまでかきまぜていた。ぐつぐつと音を立てる鍋からもわもわと上がる湯気を顔に受け、額に汗の粒を光らせている。

――オレの晩飯はいっつもな、そこにあるもんを適当に切って煮込んで味噌入れるだけですねん。それだけ。他のもんが食べたかったら、よそ行ってもらわんといかんなあ。

——いやいや、めっそうもない。

ホシナはあぐらをかいて満足そうな笑顔を浮かべている。

——しかしその格好、人んちやのに、リラックスしすぎちがいますか?

老人は、白いシャツとベージュのスラックスを脱いで、ちりめん皺のある白いランニングとステテコ姿になっている。白い髪と白い髭にそれらが映えて、いよいよ「どこかで見たことのある老人」の風情を濃くしている。

——妙に似合ってはるから、まあ、ええですけど。

ホシナは、天井に顔を向けて、はっはっはっ、と乾いた笑いを放った。

——うまいなあ。ほんまに。

ホシナは、味噌汁の入った椀を大切そうに抱え、目尻に皺を寄せた。

——そんなええ顔してもろうたら、こんなええかげんなメシやのに、悪いくらいですわ。

——いやあ。こんなうまいもん、いつぶりやろう。あんとき以来やな、やっぱ。あんときの……。

ホシナの声が急に沈み、椀をちゃぶ台にことりと置いた。

——ん?

機嫌よく具だくさんの汁をすすっていたキリオが顔を上げた。その目をホシナが捉える。

――秘密、守ってくれたんやな。

――え。

――あんときの秘密や。約束したやろ。

――なんの、ことですか。

――覚えてへん、って言うんか。

――はあ。

――覚えてへん、ってことはないと思うで。

――なんでそんな、人の記憶のこと、あんたさっきから勝手に断言できるんですか。

――子どものときの記憶って、いろんなもんがねじ曲がって覚えてることあるやろ。ほんまにあったこととほんまにはなかったことが、ごっちゃになって、時間とか場所なんかも、へんなところで接続してもうて、事実とは違うようなんが、その頭の中だけで広がっていきよる。

――そういうことも、あるかもしれませんけど。

――せやから、あんたも間違って覚えてるってことはあるやろうと思うんや。

――間違うもなにも、実はあんたのことは、なんも覚えてないんですよ。

――なんやて。なに一つ、か。なに一つ、覚えてないんか、ワシのこと。

――はあ。実はぶっちゃけ、そうなんです。

――な……。ほならなんで、さっきから、ワシについてきたり、家に入れてくれたり、メシごちそうしてくれたり……。

――いやあ、なんか話してるうちに思い出すんちゃうかな、とか思ってたんですけど、さっぱりでしたわ。あの、やっぱり、そのう……、今さらなんなんや、って感じですけど、やっぱりオレのことは人違い、なんやないですか？

ホシナの目が据わる。

――それは、ない。人違いなんかせえへん。あんた、あのキリオくんやろ。一緒に、埋めにいってくれた、キリオくんやんか。

――え、一緒に埋めに……って、なんですか。

――キリオくんだけが、一緒に埋めてくれたんやで。そんで、それは秘密やで、って約束したよな。

――だからそれ、埋めたって、いったいなにをですか？

――ワシもあのころ若くてな。カッとしてしまってな。

――ちょ、それって……。

――好きな女に、別に好きな人ができたって急に言われたら、カッとしてしまうもんやろ。

――あんた……。

――あのころは、力もあったしな。中身のことは、キリオくんにはなんも言ってなかったから、詳しいことは知らんかったやろうけど、一緒にあの山まで行って埋めたんは、ほんまのことやで。

――山……？

――スコップ買いにいくのんも、キリオくんがつきあってくれたんや。親子で、これから畑でも始めるみたいな楽しい感じで、園芸店に買いにいって……あんた、ニコニコ笑うてたやんか。

――オレ……。

　なぜかキリオの脳内に、赤い柄の巨大なスコップを両手で持って、それで地面を掘るマネをしながらレジに向かう自分の姿が浮かんできた。目の前には、白シャツの背中がある。今のホシナよりも、ひとまわりがっちりとした背中の。

――いや、違う、そんな記憶、オレにはない。ないはずや。

――あるんや。

大きな声で叫ぶと、ホシナは立ち上がった。その拍子にすねがちゃぶ台にあたって、お椀の上に置いていた箸がずれて畳の上に落ちた。一瞬、ホシナが顔をゆがめる。

――あんなん、一人でやってもよかったんや。でもキリオくんは来てくれた。さっきみたいに、しゃあないなあ、って言いながら。

しゃあないなあ、と困ったような笑顔で言う、少年の自分がキリオの頭に浮かぶ。味噌汁でふくらんだ胃がムカムカしてくる。

――そんな青い顔せんでも、大丈夫や。二人で埋めたんは女そのものやない。女の大事にしてた、トラのぬいぐるみや。

――トラ……?

《なんか埋めたら、なんか生えてくるんやで。おっちゃん、なにが生えてくんの?》

《そうやなあ。ホットケーキができる木かな》

《うそや。ホットケーキができる木なんかないで》

《なにゆうてんねん。パンができる木かてあんのに、ホットケーキができる木くらい、わけないねんで》

キリオの頭の中で、幻の会話がこだまする。

――なんやしらんが、そいつ、本物の毛皮でできたトラのぬいぐるみ持っとってな。大きさも人間と同じくらいあった。いっつもそれ横に置いて、なでとってん。好きな人できてん、って言ってるときも、それなでてた。まるでそいつがその「今いちばん好きな人」みたいに。せやからワシ、カッとして、トラひっつかんで、頭を引きちぎってやった。女、泣きよった。オレはかまわず、今度はしっぽと手足をちぎった。

――そりゃ、ひどいで。

――ひーひー泣きよった。胴体だけになったトラ抱いて、女、ひーひー泣きよった。けど、ぬいぐるみちぎるんが、そんなにひどいことか？　生きてないんやで。

――いやそれ、ただのぬいぐるみちゃうやろ？

――だから、その日のうちに山の中へ、丁重に埋葬してやったんやんか。キリオくん、そんとき一緒に来てくれたんやんか。

――そう、やったんか……。

――山から帰ってみたら、あいつ、出ていってしもうててな。荷物持って。それから二度と会うてない。ワシも、ま、それでええんや。それで終わったことや、と思うて忘れたことにしてて。封印してんな。ずっと、そうしてたんや。…………けどな、こないだ、出てきてしもうたんや。

――なにがですか。

――日記や。女の日記。ずっと敷きっぱなしにしてた絨毯《じゅうたん》、いいかげん捨てようと思ってまくったら、下から出てきた。一緒に住んでたころに書いてた日記やった。それ読んだら、わかったんや。好きな人ができたって言ったんは、ワシの気持ちを確かめるためやったって。毎日マンネリすぎてお互いが空気みたいになってたとこに、嘘で言ったらしいんや、好きな人ができたって。

――ほんまか……。

――あの人がきちんと怒ってくれたら、あたしもまだ好かれてるんだって、自信が持てる。嘘でしたって、ドッキリカメラみたいにネタばらししたら許してくれて、それで、あの人もあたしのことが大事だったんだってきっと気付いてくれるって、書いてあって、ワシ、なんちゅうことしてしもうたんやろう、って、今さら気付いてな。あんとき、ワシが逆上してトラ引きちぎるの見て、自分も殺される、と思うて、ほんとのこと言われへんようになったんやな。ワシ、それわかったとたん、トラ埋めてからずっと冷凍したみたいになってた心がじわって急にとけはじめてな。ぽたぽたぽたぽた、急にな、心がとけはじめてな、とまらんねん。たまらんねん。ぜんぶ、とけてきよってな、ぼたぼたぼたぼた。そんで一緒に住んでたころの思い出が、壁とか柱とか排水溝とかいろんなところから虫みたいにうようよわいてきて、目に見えるもの、さわるもの、みんな思い出がうようよ。家の中なんかで、ようじっとしておられへんねん。そんで外に出てみてんけど、こんどは、キリオくんとのことも思い出してな、ぼたぼたぼた、の続きや。で、そうや、あんとき一緒にいてくれたなあと思い出して、なんやむしょうにキリオくんに会いとうなってきて。一緒に秘密を持ってるあんたに会いとうなったんや。あんたに会えたら女がおってくれたあの時間に戻れる気がするねん。探したで。あの女に、キリオくん、遊んでもろうたこと、あったやろ。覚えてるやろ？

キリオの記憶の深い場所にある薄闇の中に、大きなトラのぬいぐるみを抱いてたたずむ女が一人、いる。

こんなんをいちばんうまい、なんて思ってうれしがってたころはしあわせといえばしあわせでしたな
キリオ

シャボン

キリオが帰宅してドアを開けたとたん、もわっと醤油の煮える匂いがして驚いた。

おかえりー、という声がして、さらに驚く。台所に立って振り返ったのは、ミイコだった。窓を抜けてくる夕暮れの光を背後から受けながら、にんまりと笑っている。

――ミイコちゃん、あんた、なんで？

――なんでって、帰ってきただけやん。

――帰ってきたって、そんな、急に。なんで勝手に入れんねん。

――鍵、持ってるもん。

――あ、そや。あんときあんたのために鍵つくって、渡してたな。ほんで、返してもらうの忘れてたわ。それ、使ったんか。

――普通に帰ってきただけやん。

――朝出てって、夜帰ってきたみたいな気軽な言い方やなあ。

——うちの中では、そんなもんやねんけど。

——そんなもんって、なんやねん。突然出ていって、ほんでまた、きまぐれに戻ってきて。勝手すぎるんやないか。

——キリオちゃん、怒ってはるの？

——そりゃ、怒るわ。

——どうして怒るの？

——どうしてって……、そりゃあ、当たり前やないか。

——もともと、キリオちゃんがうちに来いって言ったから来たわけやないよ。うちが自分で来たんやんか。自分で来たんやから、自分で出ていくのんも、戻ってくるのんも、当たり前のことちゃうの？

——んー……。

ミイコにたたみかけられたキリオは反論できず、口ごもる。そういうものなのかもしれない、とさえ思う。

——あーあ、せっかくご飯作って待ってたのに、そんなに怒ってるんやったら、帰ろかな。

——あ、いや、まあ、ええわ。いつまでも昔のことで怒っとってもしゃあないしな。

わかった。とにかくゆっくり話でもしようや。

キリオは、ちゃぶ台の前にあぐらをかく。ミイコは、ふひ、と小さく笑って、ミイコのごった煮、食べてくれはるよねえ、と低く歌うように言った。

ミイコが器によそったごった煮は、すべてが焦げ茶色に染まっている。四角く切り取られた肉のようなものに箸がふれて、キリオははっとする。

——もしかして、へび……。

ミイコが首に巻いて連れていったへびのことを、ふいに思い出したのだ。

——へび？　そんなわけ、ないやん。あんなもん、料理に入れたりせえへんよ。ただのとり肉や。

——あんなもんって、ミイコちゃん、へびのこと好きやとか言ってたけど、あのあと、どないしたんや。

ミイコはキリオから顔をそむけ、唇をとがらせた。

——あんなん……。

キリオは、少し愉快な気持ちになる。

——もう、どうでもよくなったんか。

——池に連れていったら、うちのこと振りむきもせんと水にもぐっていって、二度と顔見せへん。結局、へびはへびやな。人の気持ちなんか、なあんも考えへん、ただの、つめたいへびなんや。

ミイコの目が、じわじわと涙目になっていく。なんや男にふられた女の子みたいやな、とキリオがからかうと、ミイコはきっとした視線を飛ばしたあと、がつがつとご飯を食べた。うまい、ご飯がうまい、おかずもうまい、と言いながら、食べた。

――なんかなあ。

布団の中ですやすや眠るミイコを見ながら、キリオはつぶやいた。

おなかいっぱあい、食べ過ぎたあ、とミイコは目を閉じて言い、そのままコテンと眠ってしまった。キリオが布団を敷き、ミイコをその中に抱え入れたのだった。布団から出ているミイコの顔をまじまじと見る。小さな鼻の穴が、呼吸をするたびにかすかにふくらんだり、小さくなったりする。毛穴などどこにも見あたらない、ほの白くてやわらかい頰にそっとふれる。やっぱりかわいいなあ、と思う。ミイコが帰ってきてくれてうれしい気持ちが、ゆっくりと身体を満たしはじめる。大きな鼻の穴に空気をいっぱい入れて深呼吸をすると、ごろんとミイコの横にねころがった。

けどなんか、かわいいからゆるすっちゅうのもなんかなあ。「ゆるす」って言っても、ミイコが言う通り、オレになんかそういうことを言う筋あいなんてないような気ィもするしなあ。

もやもやと思いながら、咽喉《のど》がかわくな、と思う。久しぶりのミイコの味。ミイコの味はしょっぱい。ずっと食べとったら病気になってしまうかもしれへんな。病気になってもええから、ずっと食べたいもんや。けど、このまましばらくは機嫌よう暮らして、ほんでいつかまた、こないだみたいにふいっと、いなくなってしまうんやろな。

……。どうなんや？　それ。

キリオは、がばりと起き上がった。

――ええように使われとるだけやないんか？　オレ。

キリオは、あぐらをかいたまま、首を傾ける。と、急に眠気におそわれて、その形のまま、うとうとと眠ってしまった。

――いっつもおるのが当たり前のようになってても、どんな人もいつかはおらんようになるんやしな、どっか行くにしても、死ぬにしても。だから、ま、あの子が急におらんようになったことも、急に戻ってきたことも、いちいちびっくりはしたけど、それもしゃあないことやしなって思ってな。人の関係なんて、はかないもんや、なあんて思いながら、今朝もあの子の作ったタマネギの味噌汁を、一緒にすすってきたわけですわ。

キリオが、どこか夢見るような目で言うと、あきれた、とヨシノさんはひんやりと言った。

――追い返すでしょう、普通。

――まあ、オレもあの子も普通やない、みたいやしな。普通なことが、どうにもできへんねん。

――それはわかっています。だからといって、そんなに、なにもかもテキトーなことでは、ダメなんじゃないですか、二人とも、人として。

――ははは。心配していただかんでも、これまでずっとテキトーに生きてきましたがな。

眉間に皺の寄ったヨシノさんがなにかを言おうとしたとき、ホームに電車が到着してドアが開き、人がどやどやと出てきたので、会話はそこで止まった。この二人の会話は、途中で止まることが常で、その続きをまたあとですることなどない。会話の続きは、低い濁音をたてて走り去る電車が飲み込んでいってしまうのである。

「いつかまたいなくなること」を前提としてミイコと暮らしているキリオは、楽しく日々を送りつつも、心が落ち着くことがなかった。朝、自分を見送ってくれる無邪気な笑顔を見ながら、この顔を見るのもこれが最後かもしれない、と思い、家に帰ってドアを開ける瞬間も、もうあいつおれへんかもしれんな、という予感がよぎり、夜、眠りに落ちていきながら、朝になったらこいつ消えてるんちゃうかな、と考えてしまう。そんなことを思うたびに、キュウリの汁のような青ぐさい汁が脳からしみ出てくる気がする。制御不能な気味の悪さにキリオは、かなんな、と思う。

――ほんまかなんわ、自分が。なんとかしてほしいわ。いや、してほしい、やなくて、自分でなんとかせなあかんのやろな。

なんとかしたいと頭の隅で考えつつも、ミイコが自分の視界にあるときは、今が見納めかもしれないと思ってじろじろ見てしまう。仕事で離れて視界の外にあるときは、今ごろなにをしているのだろうかと気になってしかたがない。キオスクに立っているのに、キリオの脳の中では、ミイコがへびを首に巻いて出ていったときのようなにんまりとした笑顔を浮かべて、自宅のドアに手をかけ外に出ていく様子が浮かんでしまう。思い浮かべては、心臓が小さく縮む。そうなってしまうと、お客さんが呼びかけてもまるで気がつかない。おつりを間違える。仕事の手が途中で止まる。はっと気付いたときには、なにをしていたか、忘れている。

お客さんの怒りの声に、我にかえり顔を上げるキリオ。ヨシノさんの困惑。叱責。周囲のあわれみの目線。

やばい。キリオは、ついついミイコのことばかり考えている自分の脳みそをぶるぶると攪拌《かくはん》するように振り、よけいなことなんか、考えたらあかん、あかん、と思う。ヨシノさんは、キリオの横で、てのひらを額に当てる。キリオの脳攪拌のぶるぶるがおさまったところで、あなた、そのままだと破滅しますよ、と低い声で言う。

——カツカツカツカツ、今日の夕ご飯は、お待ちかね！　キリオちゃんの好きな、豚カツでございまする。

キリオの混乱を知ってか知らずか、ミイコのほうは、のほほんと無邪気そのもので、キリオが帰るなり、芝居がかった調子でにぎやかに出むかえる。キリオは、おおええなあ、などと適当にあいづちを打ちつつも、どうにも声に力が入らない。

豚カツをフライパンで一心《いっしん》に揚げるミイコの背中を見ながら、キリオは正座した。

今日はちゃんと、話さな。心の中で誓う。

——キリオちゃんは、とんかつソースに胡麻入れるんやったよねえ。

皿に盛った豚カツをちゃぶ台に置きながらミイコが言う。

――おお、よう覚えてるな。

――そりゃ、覚えてるわ、キリオちゃんが好きなもんは、ぜんぶ。

――ほんまか？

――ほんまや。うち、キリオちゃんが好きなもん、好きになりたいねん。

ミイコが少し照れたような笑顔になり、白い頰に笑窪が浮かぶ。口を開けて小さな歯で豚カツを一切れ齧《かじ》る。

――キリオちゃん、熱いうちにはよ食べて。うちのこと、見すぎ。

からから笑うミイコに、キリオは、あ、ああ、すまんな、と気弱に謝り、豚カツに手をのばす。

――うまい。なんやこれ、からっとあんじょう揚がってて、やわらこうて、めちゃくちゃうまいやん。ほんまに。

――うまいやろ。最近得意やねん。

――前より、うまなったな。

――へへ。

――ほんま、さくさくや。うまいわ。

キリオは、ちゃんと話をしようとしたことはすっかり忘れて、しかし正座はくずすことなくガツガツと豚カツを食べ続ける。

ミイコが食事の最後に出してきた手作りのみかん寒天に匙を沈めつつ、キリオは思い出した。そうや、今日こそ、ちゃんと話をするんやった。ミイコの顔をじっと見る。ミイコはぱちぱちとまばたきをする。

――味、へん?

――いや、これも、うまいよ。ちょっとだけ、甘すぎる気ィもするけど、オレ、あんまり甘いもん食べつけへんからな。

――ごめん、でも、こういうものやったら食べてはったな、と思ったから。

――うん、たしかにこういうものは、わりかし好きやで。口の中ですぐに消えてなくなってしまうんが、わりかし好きなんかもしれへんな。……消えてしまう、と言えば……、あんたまた、どっか行ってしまうんか?

――ん?

――前みたいに、突然、家、出ていってしまうんか?

――そんなん……。

キリオは、みかん寒天の器と匙を、ちゃぶ台にことりと置いた。

――はっきり、してほしいんや。

――はっきり。

――そうや。やっぱりはっきりしてもらわへんと、オレも、あかんねん。なんで戻ってきたんかわからんで、ほんでいつまたどっかにいんでしまうかもわからんから、まだおるんかなあ、もうおれへんようになってんのかなあ、って、あんたのことがずっと気になって気になって、仕事が手につかへんねん。

――それって……キリオちゃん……恋？

ミイコが目をまんまるに見開いている。キリオはかっと顔が熱くなるのがわかる。

――な、なに言うてんねん。おっちゃんを、茶化しなや。

ミイコの唇がとがる。

――なあ、どうやねん。こんどはずっと、ずっと長いことここにおるんか？

――長いことって、キリオちゃんにとっては、どのくらい？

――そりゃあ、オレが、死ぬまでやな。

――キリオちゃん、いつ死ぬの？

――それは、わからへんな。

——そしたら、うちもわからへん。いつまでおられるかなんて。

——いや、そういうのやなくて、ずっとここにおる気があるのかどうか、あんたの気持ちをはっきり知りたいだけやねん。

——気持ちは、あるよ、そりゃあ。

——気持ちは、あるんか。

——ある。

——そか。

——そや。

——ずっと、おってくれるんか。

——今の気持ちはな。

——今の、か。なるほどな。

キリオの口がゆがんで苦笑いになる。

——うちなあ、キリオちゃん、ごめんな、病気かもしれへん。

——病気？

——突然な、どうしてもな、好きになってしまう病気やねん。

——突然人を好きなったりするんは、まあ、誰にでもあることやで。

――うん、けど、こないだのへびさんみたいに、人でもないもんを、ものすごく好きになってしまうこともあるねん。なにかを好きになってしまったら、まわりのことなんか、なんも見えへんようになってしまうねん。そういう病気、やと思う。

――ううむ。要するに、極端なんか。

――そういう言い方もできるかも。

――けどミイコちゃん、あんた、若いやろ。まだまだこれから長い時間、生きていかなあかんのやで。ちょっとは、ちゃんとせえへんといかんのんやないか。そんな、そのときどきに好きになったもんにいちいち引っぱられるんやのうて。

――うちも、そうしようと思うたんやんか。だから、キリオちゃんのとこに、また来たんやんか。

――だからここに、来た？

――うん。キリオちゃんのこと、どうしても好きになってたときの気持ちはもうぼんやりと薄くなってたのに、うちのこと、よう知らんのに家に入れてくれたキリオちゃんのことが、なんかこう、急に、なつかしいっていうか、胸騒ぎがするっていうか、あんときよかったな、っていうか、とにかく、また会いたいなって、思えて。思えてきて。キリオちゃんって、ほんまにええ人やったなって。それ、急に、猛烈に、好き、っていうのとまたちがう、なんかやったけど、どうしても、今会いたなって、ここに来てしまってん。

ミイコは、体中の力が抜けたような、ふにゃりとした表情をしている。

——なんかそれ、素直によろこんでええことかどうか、迷うなあ。なつかしいから来たって。なんか、あったんやろ、へびのこととは、また別に。

ミイコの唇に力が入り、うつむく。ふぞろいなおかっぱの毛先が頬を隠す。

——まあ、なんもなかった、ということは、ない。それなりにいろいろ、あるもんや。

——あんた、今までどうやって生きてきたんや。一人で生きてるんか。それとも、こうやって誰かの家に無理やり入り込んで、ずっと生きてきたんか。

——説教、はじまる？

——説教、やなくて、ミイコちゃんのことが知りたいんや。

——うちは、うちのこと、キリオちゃんが全部知らんでもええと思ってる。ここにおるときのミイコだけ知ってくれてたら、それでええねん。

——今は、そりゃ、それでええのかもしれへんけど、昔のことも含めて理解せんと、もたへんのちゃうんかな。

——うちは、知りたないよ、キリオちゃんの昔のことなんて。キリオちゃんはそんなに知りたいの？　うちがどんな人といちゃいちゃしてきたとか、どんな人を殺したいと思ったか、とか。

——いやあ、そこまでは。

——なら、訊かんといて。うちは、前にゆうたけど、ちょっと月に帰ってただけ。それだけやねん。

——あんた、あんた、もしかして、ほんまもんのかぐや姫か。

ミイコは、少しうつむいたまま微笑む。

——かぐや姫って、永遠に年とらへん感じするもんなあ。いやそれは、乙姫さまの話やったっけ。

ミイコはゆっくりと首を振る。

——かぐや姫でも乙姫さまでもないよ。地上のミイコ姫。

キリオは、あらためてミイコの全身を眺める。ぼさぼさの頭は、毛先がふぞろいで、あちこちはねている。化繊の白いブラウスにはところどころに薄茶色のしみがあり、濃いみどり色のスカートの裾は一部ほどけて、横座りしたミイコのふくらはぎに、黒い糸がうねりながら貼りついている。舞踏会に着ていくドレスがない、灰かぶり姫やな、と思う。

ミイコが、ふいに立ち上がる。

——ミイコ姫は、ここにおるでござるよ。おらしてください、でございますわよ。

——敬語、めちゃくちゃやで。

——しゃぼんだーまーとーんだー。なぜなぜーとーんだー。しゃーぼんだまをーのーんだー。

ミイコが童謡を独自にもじりながら、シャボン玉を飛ばしている。大きさの違うシャボン玉が、風に乗って同じ方向に流れながら空に上昇し、やがてゆっくり離れて、まばたきするよりもすばやく消える。シャボン玉を見上げるミイコもキリオも白い砂を踏んでいる。ミイコのくわえるストローの先から生まれ出るシャボン玉を連れ去っていくのは、海からの風。二人は、海に来ている。

——海に行きたい。シャボン玉ふくらましたい。

キリオが休みを取った日、ミイコがふと口にしたのだ。

——海、やないといかんか？

ミイコがこっくりとうなずく。

——そっか。ほなら行くか。

キリオはさっと腰を上げた。

——シャボン玉やったら、オレんとこのキオスクでも売ってるから、行く途中に買えるしな。

——キオスクのシャボン玉、ようふくらむわ。

——どこのでも、一緒やろ。

——いや、ひと味ちがうよ。だんぜん違うわ。今まででいちばん、いい感じ。

ミイコは、濃いピンクのプラスチック容器に入っているピンクの細いストローの先を指先で垂直に動かして、シャボン液をつけた。唇の間から桃色の舌先がのぞき、光っている。秋の陽気がやさしく二人に注いでいる。季節はずれの平日の昼間の海には、二人以外誰もいない。

目を細くして吹くミイコのストローの先から、大きなシャボン玉が一つ生まれた。キリオが手をのばしてそれにふれると、手の甲にぴたりとシャボン玉が貼りつく。

——あ、シャボン玉がなついてる！

ピンクの器をキリオに向けて、ミイコが高い声を上げる。

——これ、なつくって言うんか。そう言われたら、なんか、うれしい感じがするなあ。

——なついてる、なついてる。嫌いやったら、シャボン玉もそんなふうに、くっつかへん。

——シャボン玉に好かれても、しゃあないけどなあ。

キリオは手の甲にシャボン玉を乗せたまま、波打ち際へとうしろむきに進んでいく。自分の身体で、海からの風をさえぎっているのだ。

——キリオちゃん、どこ行くの。

ミイコがシャボン玉を吹く手をとめて、キリオに近づく。

——こいつ持ったまま海に入られへんかな、と思うて。

——もう海に入るには、寒いんちゃう？

——ちょっとくらい寒くてもええねん。あ。

シャボン玉が割れて、二人の目の前で消えてなくなった。

——惜しいな。

——惜しくないよ、べつに。

ミイコの目が据わっている。

——あれ、なんか機嫌悪そうやな。

――べつに。

――機嫌悪いやん。

――シャボン玉なんかと、仲良くして。

――はあ？

――シャボン玉なんかと、海に入ろうとするなんて、キリオちゃん、軽いわ。

――まさか妬いてんの？　シャボン玉に、ミイコちゃん。

――自分の産んだ子に、夫を取られた気分。

――大げさやな。

――なんつって、うそ、うそ。

　ミイコは片足でとんとん飛び跳ねる。

――なんかほんまに妬いてたっぽかったけどな。女は、こわいな。自分は好きなこと平気でするのにな。

　ミイコは、ふっと力が抜けたように砂浜にしゃがみこむ。

――どうした。貧血か。

――ううん、飽きた。

　ストローをさしたままのピンクの器を砂に差し込んだ。

――飽きたって、こんなところにほっといたら、あかんやないか。フタは、どうした？

――なくした。

――ええ？

――フタあけたとき、風に飛んでいってしまいよって。

――あかんなあ。こんなところに置いといたら、子どもさんや犬なんかが舐めるかもしれへんで。まだ、海に捨てるほうがええな。

――海に、捨てんの？

――中身だけな。

キリオは、砂からシャボン液の容器を持ち上げると、波打ち際で中身をたらたらと海に捨てた。

――あー。

――なんや、まだ遊びたかったんか。

ミイコは軽く首を振って、海にわるいね、と言う。

――まあな。けど、それゆうたら、オレら生きててやることなすこと、たいがい海にわるいこと、やな。

──まあ、そうやね。波、泡たってるわ。

──シャボン玉入れる前から泡は出てたけどな。

──人魚姫。

──ん？

──人魚姫は、こういう海の泡になりはったんよね。

──そういう話なんか。オレは、よう知らんわ。

──失恋した罪で、泡になりはってん。

──失恋って、罪なんか。

──正確には、いろいろ、込み入った事情があんねんけど、まあ、おおざっぱには、そういうことや。お姫さまの結末は、結婚してしあわせになりました、か、泡になったり月に帰ったりして、その場からぽっかり消えてしまうかのどっちかやな。ずっと、おんなじ場所におって、ずっとなんとなくしあわせ、っていうのは、ゆるされへんねん。

──そりゃあ、話としておもしろくないからとちゃうか。

──きっと、お姫さまは、おんなじところには、おったらあかんのや。

──ミイコ姫は、どうなんや。オレの家が、めでたしめでたし、の場所か。それとも、これから物語がはじまるんか。

――…………泡……。

ミイコが靴を履いたまま波の中に足を入れる。キリオはあわてて手を取って引っ張る。

――ちょっと、待てよ。はやまるんやないで。

――だって、泡、気持ちよさそうやもん。なんかうち、今、海の泡のことが、好きになりそうになってる。

――そりゃあかんわ。海の泡なんて、生きてもないで。

――生きてなくても、好きは好きよ。どないしたらええの？

ミイコの目がとろんとしている。

――あかん。それだけはあかん。あんた、人魚に魂抜かれた船乗りの顔してるで。帰ろ、今すぐ、家に帰ろ。

キリオは、ミイコの手を引っ張るが、ミイコはくったりと波打ち際にしゃがんでしまう。

――なんやもう、しゃあないなあ。

ミイコの腰に手を回して、よいしょっとかつぎあげた。ほんにもう、重いがな、濡れとるがな、とぶつぶつ言いながら、キリオはミイコをかついで、砂浜をあとにした。

——うちが、泡になりたいってゆうたって？　いややわ、うちほんまに覚えてへんのんやけど。

翌朝目を覚ましたミイコは、海でのできごとをキリオから聞いて、ひどく驚いた。

——ほんまか。酔っ払いみたいやな。

——お酒は飲んでへんけど、なんか、海の毒にやられたんやな。ときどき、その場にある、なんかようわからんもんが、うちの中で、妙な反応してくれはんねん。

——突発的になにかを好きなったり、か。

——うん。けど、泡やて。それ、生きてもないやん。

——オレもそうゆうたよ。けどあんた、好きは好きやって。

——うわあ、あかんわ。末期症状やわ。うち、どうかしてる。根本的になんとかせなあかんのちゃうか。

——そうやなあ。なんとかしてやりたいけど、どうしたらええのか、オレにもわからんわ。

——うちなあ、ほんまはお姫さまやないねん。

それはわかってた、とキリオは笑う。

——ちょっとは意外そうな顔してよ。

——そりゃあ無理や。ミイコ姫って、そんなもん本気で言ってたとはぜんぜん思わへんかったし。

——あんときは確かに思いつきでミイコ姫とかゆってもうて、でもほんまやったらええのにな、って思いはじめて、だんだん本気になってきた。だからわがままも言ってみた。

——突然、海でシャボン玉ふくらましたい、って言ったことか。

ミイコが、こっくりとうなずく。

——キリオちゃん、わがまま聞いてくれた。

——べつに大したことなかったし。

——十分、お姫さま扱いやった。うち、うれしかった。

——そうか。あんくらいで喜んでくれるんやったら、いつでもしたるで、お姫さま扱い。

——ぐふ。

ミイコの目から涙がふき出す。

──ぐふっ、ぐふっ。

──なんや、なんで泣くんや。

──キリオちゃんの、アホ。

──はあ？

──うちの作った料理、おいしかった？

──ああ、うまいよ。

──みんなはな、しょっぱいって、言うねん。必ず言うねん。でも、自分でこれがええと思った味って、なかなか変えられへんねん。だから、誰かと一緒に暮らすのって、だんだん辛くなんねん。でも、キリオちゃんは、違ってん。うまい、うまい、ってずっと食べてくれはんねん。ほんまは、しょっぱいなあって思ってても、それ言わへんと食べてくれててん。

──いや、ほんまにうまいときもあったで、こないだの豚カツとか。

──やっぱり他のはしょっぱいって、思ってたんやんか。

──う。

──うちは、ほんまはお姫さまやないのに、キリオちゃんとおったら勝手なことしてもゆるされて、ぜんぶゆるされて、どんどんダメになっていく気がする。味噌汁の中でだんだんとろとろになってとけていく野菜とかみたいに、だんだん、もとの形がとけて、心も魂もなんもかんもがぜんぶとけてなくなってしまうような、気がしてしまう。

——要するに、自分がダメになりそうやから、またここを出ていきたいって、ことか? でも、べつにここで、煮すぎた野菜みたいになって暮らしてくれても、オレはかまへんのやけど……。

ミイコに視線を向けると唇をぎゅっと結んで、眉間に皺を寄せ、こぶしを強く握っている。

——だけどミイコちゃん自身が、それじゃ嫌なんやな。うん、嫌やと思う。嫌やと思うのが、正しい。……よし、わかった。ミイコちゃんは、ここにおったらあかん。ちゃんと、ミイコちゃんは、自分の力でしっかり生きていけるようにならんとな。そう思った今の気持ちが大事や。

——またこのまま、うちはいなくなってもいいの?

キリオは目を閉じて、三度ゆっくりうなずいた。

——十年。

——十年?

——十年、待つ。十年経って、ミイコちゃんがオレのことをまだなつかしく思ってくれて、ほんでオレがまだ生きとったら、会おう。ここに来てくれ。ずっとおるから。ほんで、また、一緒に暮らそう。ほんまに、こんどは、死ぬまで。どっちかが先に自然に死ぬまで。どうや。十年、間違えんように数えられるか？　十年経って、あんたが来てくれへんかったら、オレもこの場所から消えるつもりや。オレはお姫さまや、ないけどな。

普通なことが、どうにもできへんねん

アジサイコーラ

――脱脂綿、あるかしら。

――脱脂綿ですか？　うーん、うちには、置いてないですね。

――そうですか、それなら、ガーゼみたいなのでもいいんですけれども。

――ガーゼだけってゆうのはないですけど、ガーゼを使ったマスクならありますよ。

――ああ、マスクね。なるほどね。

女性は、白い顎を大きく揺らして二度うなずき、すっと背筋をのばした。

――それでもいいかもしれないわ。マスク、いただけますか？　そうね、二枚。

その人は、指を二本立てた。

そんなふうに買い物をしていった人がいたことなど忘れたかけたころ、キリオの目の前に、ぬっと青いものが差し出された。アジサイの花だった。キリオがそれを差し出した人のほうを向いてきょとんとしていると、もうお忘れですか？　と首をかしげた。

――マスク。さっき買わせていただきました。あれを水に浸して切り口に巻いてあげましたの。

――あ、ああ、思い出した。脱脂綿のかわりに、マスク買っていきはった人やな。こういうことするもん、探してはったんですか。

そうでございます、とゆっくりとうなずいたとき、まとめ髪からこぼれた灰色の後れ毛がゆれた。

――このアジサイ、あなたに差し上げようと思いまして。

――え、なんでです？

――もう秋ですよ、とっくに秋なのに、アジサイが咲いていたんですよ。

――そりゃ、めずらしいことですなあ。ほんまにこれ、生きてるアジサイですか？

――もちろんですよ。本物のアジサイの花です。こちらの駅に来る途中の道でひっそりと、一つだけ咲いていたんです。こんな時期に咲いているのは、生まれて初めて見ました。季節を間違えて咲いてしまったのか、枯れるのを忘れてまだ咲いてるのか知りませんけど、これから寒くなるばっかりですのに、このままじゃかわいそうだな、と思いましてね。せめて、あたたかい部屋の中に入れてあげて、季節はずれの辛さを、少しでもやわらげてあげられたらなって、思いましてね。

――はあ。えらい、やさしいんですなあ。

――まあ、いやだ、そんなんじゃありませんよ。なんだかね、あわれでね。今の言葉で言ったら、あれ、なんていうのでしたっけ、えーと、ほら、そうそう、あれ、ケ……ケーワイ、とかいうの？　空気よめないっていう、あれみたいに、浮いちゃってるのよ、自然の摂理から。完全に。それって、人ごととは思えなくてねえ。

女性は、目を閉じてしみじみとうなずいた。

――はあ、アジサイに、そこまで。でもそれやったら、あんたが家に持って帰って、あんじょうしはったほうがええのんちゃいます？　なんでオレなんかに……。

女性は、急にはっと目が醒めたような表情をして、ダメなんですよ、わたくしは、とキリオに顔を近づけた。

――わたくしね、これから行かなくちゃいけないところがありますの。

――はあ。

――持っていけないんです。特にお花なんて絶対にダメです。これからわたくし、お葬式に伺うんですから。

女性は、黒いワンピースに黒いジャケットを羽織り、真珠の短いネックレスをつけている。

——そうなんですか。それは、ご愁傷さまです。お友達か、どなたかが亡くなりはったんですか……？

——ええ、まあ、ただの、知りあいなのですけどね。ええ、そう、知りあいのね……。とにかく、今日は昨日よりもぐっと冷え込みますって、朝のテレビで言っておりましたし、実際、なんだか妙に寒くなってきました。このままじゃかわいそうですよ。だってほんとうは、どんどん暑くなる時期に咲くようにできている花なのですから。

——そりゃあまあ、そうですね。

女性は、固く握ったアジサイをキリオの目の前につきだす。

——ですから、もらってあげてくださいな。いったん通り過ぎてここまで来たんですけどね、いざ電車に乗ろうとしたら、アジサイのことが気になって気になって、どうしようもなくなって。で、マスクをこちらで買って、改札をいったん出て、アジサイを折って引き返してきたんですのよ。

——そりゃあ、ご苦労なことでしたなあ。

——お手洗いの水で湿らせたマスクを巻いておきましたの。これで半日はもつでしょうから。

アジサイの切り口にはマスクらしき白いものが巻かれ、マスクを入れていたビニールの袋でカバーされていた。マスクの白いゴムがビニールに巻かれて、ずれおちないようになっている。

キリオはアジサイを受け取りながら、こりゃあ、うまいことしてはりますなあ、と感心して言うと、女性は満足そうな笑顔になった。

――これで安心して電車に乗れますわ。

――気をつけて行ってきてください。これは、仕事終わったら、ちゃんと家に持って帰って、コップにでも活けときますわ。

――コップ……。

女性の顔がさっと真顔になる。

――あ、すんません、男一人の家なんで、花瓶、なんてしゃれたもん、ないんですわ。

――コップ。

――はあ、まあ、今思いついたんは、それくらいしかないですけど、ま、なんか探してみますわ、そうやなあ、空き瓶とか、もちょっとそれっぽいもんがあるかもしれへんし。

――空き瓶。

——あ、いや、でもどこのうちでも、そんなもんちがいますか。そや、アジサイやったらとっくりなんかも似合うかもしれまへんな。どっかにあったと思います。オレ、冬でもビールばっかりで、熱燗《あつかん》とかめんどくさくて滅多にせえへんのですけど、確かに使うたことはあるんです。捨てたってことはないと思うんで。

——とっくり。

女性の眉間に皺が寄っている。

——ま、まあ、なんなら、このさいやから、花瓶の一つくらい買うてもええかな、と、思います、はい。百円均一なんかでも、売ってたりしますしね。

——いえいえいえいえいえ……。

女性はてのひらをキリオに向けて横に振った。

——これのために、たとえ百円でも、余計な出費をしていただくわけにはいけません。こちらが押し付けたもので、出費させることがあってはならないのです。もちろん、とっくりでもコップでも、ペットボトルだって、わたくしは構わないと思うのですよ。肝心なのは、心です。

——ほう。

——この花が枯れるまで、毎日、あなたが、愛をもって見つめていただければ、どんな器にいようと、しあわせに暮らせると思います。

——まあ、そんな、大げさなことは、どうかと思うけど、はいはい、わかりました、世話させていただきますわ。

——大げさ、ですか？

——はい？

——花を家に連れ帰るのだから、愛をわけてほしいと願う心は、大げさ、ですか？

——いやまあ、その、そりゃあ、個人個人で受け止め方は違うやろうし、まあその、アジサイ一つにそんなに深刻になられても、オレはそんなんぜんぶ引き受けるんは、無理やないかと思うんやけど。あ、なんやったら、今ちょっとおれへんけど、いつもはもひとり一緒にヨシノさんって女の人がいてはるから、その人に預けますわ。

　女性が、目を見開いた。

——どうして、そんなことおっしゃるの？　わたくしはあなたに、あなただから、託したのですよ。今さら知らない人に託したくなんかありません。こうやって話しかけることにも、たいへんな勇気が必要でした。どうしてその気持ちを汲みとってはいただけないのでしょうか。

——や、そりゃ、すまんかった、ってなんかオレがえらいせめられてる、みたいな展開やけど、今さらって、そんなオレ、なんもしてへんで。あんたが取ってきたアジサイに、オレになんの義務があるんやろか……。

女性の顔からみるみる血の気が失せてきていることにキリオは気づいて、うろたえた。

——わ、わ、わかりました。大丈夫です。オレがちゃんと責任もって、えーと、あ、愛情もって、面倒みといたりますから、あんた、そや、お葬式に行かはるんでしたよね。遅刻したらたいへんや、はよ、電車に乗らんと。

——ええ、でも、お通夜ですから、まだ時間は十分にあるんです。

——そうですか。そりゃあまあ、まだお昼すぎやから、時間はありそうですなあ。けど、申し訳ないですけど、オレも今、仕事中ですから。いつまでもあんたの相手してられませんので、これで。

キリオは片手を上げて、会話を止めにする合図を送った。女性は無言でうなずくと、ゆっくり後ろを向いて去っていった。

——やっぱり、あんなにまで言われたら、ぞんざいにするわけにはいかんからなあ。

キリオは、台所の上の戸棚をごそごそと探り、とっくりを探している。

――おかしいなあ、ないなあ。この辺においといたはずやのになあ。もう何年も使ってなかったけど、こんな狭い家、どっかにあるはずやのにな。

結局流しの下で見つけた深緑色のコーラの空き瓶に水を入れてアジサイを挿し、ちゃぶ台の上に置いた。頬杖をついて眺めながら、まあ、悪くないんちがうかな、とつぶやいた。くすんだ青い色のアジサイの花は、縁のほうがすでに茶色く変色しつつあった。

と、電話が鳴った。

――キリオさーん？　今、家にいらっしゃるのねえ。

受話器から聞こえてきたのは、ヨシノさんの声だった
――ヨシノさん？　なんで急に。なんかあったんですか⁉

キリオはひどく驚いた。緊急連絡先として、ヨシノさん他職場の数名には家の電話番号を教えていたが（キリオは携帯電話は持っていない）、一度もかかってきたことなどなかったのだ。

――ごめんなさいねえ、びっくりさせて。

ヨシノさんが笑いを含んだような声でそう言う受話器の向こうに、別の笑い声が重なる。

――なんか笑うてはるみたいやけど、他に誰か、そこにおるんですね。

――おりますよう。うふふふ。

――ヨシノさん、酔ってはるの？

――酔ってなんて、まだないですわよ。

――まだ？

――これからそちらに伺ってもいいかしら。アジサイの君と。

――アジサイの君⁉

キリオが帰ったあとで店番をしていたヨシノさんのところに「アジサイの君」が現れて、キリオとのいきさつを話したそうだ。そんな季節はずれのアジサイは見たことがない、見たかった、とヨシノさんが言えば、自分もその後どうなったか気になってしかたがない、ちゃんと大事にされているかどうかこの目で見てみたい、と言うので、もちろん確かめたい、とヨシノさんも返した。それなら、お願いしてみましょう、そうしましょう、ということになって電話を今かけたのよ、とヨシノさんがからからと笑う。

――なんやねんそれ。もうちゃんと、瓶に入れて大事にしてますから。なんだったら、またマスク湿らして明日キオスクに持っていって見せたげますがな。ほんでそのままヨシノさんにさしあげます。

——そんなことしてまた移動させたら、アジサイがかわいそうですわ。それに、あなたにもらってほしいんだって、あれほど言ったじゃないですか。

いつの間に電話を代わっていたのか、返ってきたのは、アジサイの君の声だった。

——うわ、あんたもしつこいなあ。

——ねえ、いいでしょ、キリオさん。

ふたたびヨシノさんの声になった。

——私たちね、教えてもらった住所をたよりに、もうそちらに向かっているんですよ。

——ええ？　もうほんまにあんたら強引やなあ。個人情報もへったくれもなんもあらへんな。

——こんなこと申し上げては失礼かもしれませんがキリオさん、あなたにそれほど隠さなくてはいけない個人情報があるとも、思えないのですけれど。

——失礼やなあ、ヨシノさんは。オレかてそれなりに、そらなんかあるに決まってるやないか。ほんま、失礼千万や。

——あの、お気を悪くされたら、ほんとうにごめんなさい。でもわたくし、ほんとうに純粋に、あのアジサイが気になるんです。

またアジサイの君が返事をした。

――ほーら、こんなに会いたがっている女性がいるんですよ。名誉なことだと思わなくちゃいけないんじゃないですか、キリオさん。わざわざ時間を割いて、すてきな大人の女が二人も、こうしてはるばる足を運んでいるのですから。

――そんなん、いらんわ。

――こんなおばあさんだから、嫌なのかしら？

アジサイの君の、今にも泣きそうな震える声がキリオの鼓膜を刺激する。

――ああもう、わかりました、わかりましたよ。どうぞ来てください。男の一人暮らしですからね、散らかってますけどね。覚悟してくださいよ。

――奥様は、いらっしゃらないのですか？　ほんとうに？

アジサイの君は、キリオにすすめられた座布団の上におずおずと座った。

――奥様と呼ばれるような人は、今まで一度もいたことないですなあ。あんた、強引におしかけてきたわりには、なんやおどおどしはるんですな。

――すみません、ご家族がいらしたらやっぱりご迷惑だろうなあ、と今になって思ったものですから。

——まあ勝手にやってきて勝手に出ていったりするんは、たまにおりましたけどな。

キリオさんが緩すぎるんですよ、とヨシノさんがひんやりと言うと、急におしかけてきといてようゆうわ、とキリオが笑った。

——お部屋、思ったよりきちんと使っていらっしゃるのね。

ヨシノさんが点検するように部屋を見回す。

——そりゃあ男の一人暮らしってもんはある程度ちゃんとしとかんと、底なしにくずれてしまいますからな。

——アジサイ……。

ちゃぶ台の上のコーラの瓶を、アジサイの君がそっとさわった。

——あ、すんません。結局、花瓶は用意できなくて、リサイクル品になりまして、ですね。

——いいえ、充分ですわ。こうして見ると、アジサイの青と、コーラの瓶の深い緑色とがよく似合いますのね。

アジサイの君が、うっとりと花を見つめる。

——でも不思議ねえ、どうして今ごろ咲いたのかしらねえ。

ヨシノさんがアジサイに顔を近づけて眺める。

——あれ、そういやあんた、お通夜に行きはるんとちがうんかいな。

コーラの瓶にのばしていた手がびくっと震えた。その指を胸元に引き寄せながら、ええまあ、あれから一度家に帰りまして、と答える。アジサイの君は、昼間見た喪服ではなく、花柄のブラウスとえんじ色のカーディガン、紺色のフレアースカートというカジュアルな格好になっていた。

——ああ、なるほどなあ。って、こんな時間にお通夜から戻って、もうここに着替えてこれるって、えらい早いですな。

——い、いえ、結局、お通夜に行くのはやめて、家に帰ったんです。

——え、なんで？

——そのう、なんとなく、です。

——いったいどんな方のお通夜だったんですか。

——知りあいの、娘さんの、です。

——そうですか、お若いのに。

——ええ。といっても、五十歳くらいなのですけど。

——あら、じゃあ、あなたのお知り合いのほうの親御さんというのは……。

ヨシノさんがやや高い声で言った。

――その方は、もう、亡くなられました。

――そうなんですか。でも、昼間はあんなに、行かなくはならないって感じにせっぱつまってはったのに、あの後、体調でも悪なりはったんですか？

アジサイの君がなぜか恥ずかしそうにうつむいた。

――キリオさんって、やさしいんですのね、気づかってくださるなんて。

――やさしいっていうよりこの人ね、油断大王なんですよ。

ヨシノさんが声をひそめて言う。

――ヨシノさん、余計なこと言わんように。

はいはい、とヨシノさんが肩をすくめた。

――ほんで、あんたは、体調も悪くなくて行きたい気があるんやったら行けばよかったんやないんですか。そのために、アジサイもオレが預かったっていうのに。

――ええ、ほんとうに、申し訳ありません。会場に向かう途中でどうしても、気後れがしてきてしまって。

――その人、もしかして、偉いお人やったんですか？

――いえ、そんな、偉いとかそういうんじゃなくて、普通の、女性ですよ。お父さんのほうは、とても知的なお仕事をされておられた、すてきな方でしたけれど。

——ふふ。

ヨシノさんが笑った。

——わかったわ、惚れていたってことですね、あなたが。亡くなった方のお父さんに。

アジサイの君の顔が、一瞬で真っ赤になった。

——こら図星やわ。ヨシノさん、すごいな。

——そんな、わたくしたちは、そんな……。

——そらまあ、そういうことやったら、行きにくいわなあ、その娘さんのお悔やみには……。

——わたくしは、彼女が十代のころから、知ってるんです。お父様よりも、彼女と歳が近いくらいでしたので、仲良くさせていただいていたのです。いい子でした。昔は、人生五十年、なんて言って、そのぐらいで亡くなる方も大勢いましたが、今は……あまりにも、早すぎますよね。あんなに元気だった子が、こんなに急に……。ほんとうに、ショックで、残念で……。わたくし、心から彼女をお悔やみしたいんです。

——そこまでお気持ちがあるんでしたら、お通夜に参列されてもよかったのに。明日のお昼に、お葬式があるのでしょう？

ヨシノさんが神妙な声で訊く。

——ええ、でも。でも、やっぱり、あの子は、わたくしが行っても喜んではくれない、来るな、来るんじゃない、って言われているような気が、会場に近づくにつれて、そういう気配がどんどん濃くなるんです。

——あんた、考えすぎやで。死んでしもうた人は、もうなんも考えてへんって。

——死者が、考えなくなるなんて、わたくしは、そうは思えません。

——いやいやだって、考えるための脳みそもなんもあらへんねんで。

——肉体がなくなっても、魂は、残るでしょう。残るんです。それはぜんぶ、生きてるときの記憶でできているんです。

——記憶も消えるやろう。脳が燃えてしまったときに。

——まだあの子の脳は、燃えていません。

——えっと、お二人とも、結局その問題はいくら話をしたって、結論は見えないと思いますよ。それぞれの観念の世界の話なんだから。

ヨシノさんが間に入った。

——わたくしね、このアジサイを見つけたときに、これはわたくしの魂だって、直感したんです。

アジサイの君の目が据わっている。

――アジサイが、魂？

――ええ。ずっとね、封印して、世の中に出ていかないようにしていたのに、今ごろになってバカみたいに咲いちゃった、間抜けな魂ですよ。

アジサイの君が、人さし指でアジサイを軽くつつく。

――もうあなた方とはお会いすることもないかと思いますので、思いきって言ってしまいますが、あの子のお父様とは、大人の関係がありましたの。わたくしがあの方とそのような関係になりましたのは、三十四のときでした。それまで、お恥ずかしいことですが、どなたとも恋愛をしたことがなかったんです。ですからね、わたくしね、とっても夢中でしたの。あの方のほうもね、奥様がお嬢さんを産んで亡くなられてからずっと、お一人でしたから、そりゃあ、もう……。

アジサイの君が、夢見るように話すのを、キリオは口を半開きにして聞いている。

ふと、アジサイの君とキリオの目が合う。

――あなたは、ずっと……お一人？

――はあ、まあ、結婚したことないんですわ、この歳まで。

——まあ。お一人でなさるほうが、お好き、だから？

——や、ちょっと、かんべんしてくださいよ。

ずっと黙っていたヨシノさんが、くく、と笑う。ヨシノさん、とキリオが低い声でたしなめる。ヨシノさんは、鼻の下をのばして少しおどけてみせてから、じゃあ私はこれで、アジサイ見せていただいて満足いたしました。失礼いたします、と立ち上がった。

——あ、そうですか。なんもおかまいもせんと。

キリオも立ち上がり、ヨシノさんを玄関まで見送る。当然アジサイの君も一緒に帰るものと思っていたが、ふと振り返ると、相変わらずアジサイを見つめて座ったままである。

——ちょ、ちょっとヨシノさん、あの人も連れて帰ってくださいよ。

ヨシノさんは顔を上げて、ああ、と言うと、まだアジサイに見とれていたいんでしょ、私はこのあと用事もありますので、お先に失礼します、と振り返って声をかけた。

——そんな。あんたが連れてきたんやで。

——アジサイの君さん、さようなら。

ヨシノさんが挨拶をすると、アジサイの君は座ったままにっこりと微笑《ほほえ》みながら会釈をした。

——じゃ、キリオさん、また明日。

ヨシノさんは軽く片手を上げてからさっさとドアを開けて出ていった。

——お、おーい。

キリオがドアを押さえて呼びかけたが、ヨシノさんは振り返りもせず、夜の闇の中に消えていった。

——なんやねんな、もう。

——ご迷惑、ですか。

よく通る高い声が、キリオの鼓膜をふるわせる。

——いや、その、べつに。ま、まあ、いいですよ。オレはこのあとどんな用事があるってわけでもなし。どうぞ、好きなだけ、ゆっくりしていってください。

アジサイの君は、しずかにうつむいた。

——ご迷惑をおかけしているのは、よくわかってはいるんです。でもね、どうしてもね、ふんぎりがつかないんです。

——ふんぎり、ってなにのですか。

——ですから、お葬式に行くかどうか。

――まあ、そりゃあ、好きにしはったらええと思うけど、その亡くなった娘さんは、あなたとお父さんとのこと、ご存じやったんですか？

――ええ、途中からは、気づいていたと思います。でも、一度も直接なにか言われたってことはないんです。ずっと、仲がよかったんですよ、わたくしたち。勉強を教えてあげたり、一緒に映画に行ったり、ショッピングをしたり。

――そうですか。なら、なんも、遠慮することないんとちがうかな。

――ええ、でも、いつの間にかだんだん会わなくなってしまって……。なにか、はっきりした理由があったわけではないんです。お互いに自分の人生が、少しずつ忙しくなってきてしまって、だんだん疎遠になって。よくある、ことですよね。だから今さらお通夜に、突然伺うなんて……。

――けど、お父さんのほうとは、ずっとつきあってはったんですか？

――ええ、生きている間はずっと……。でも、十五年も前ですよ、亡くなったのは。心臓発作で、あっけなく。二、三歩先を歩いていて、振り返ったらもういなくなってた、そんな感じです。だから、涙が止まらないとか、ご飯が食べられないとか、そんなんじゃなかったんです。現実のことじゃないような感じがずっと続いていて、で、今ごろ、出会ったころから今日までぜんぶひっくるめて、ものすごく悲しいんです。

三十年分、悲しいんです。遅れて、間違って咲いた花みたいに。

アジサイの君が、アジサイを見た。キリオも見る。

——あの人と会っていた時間が十五年。亡くなってから十五年。その十五年目に、娘さんが亡くなってしまって。わたくしと娘さんとの歳の差、十五年なんですよ。あの家族との関係は、いつも十五年で折れ曲がっていたんです。それは今日気づいたことなんですけれどもね。気づいても、なんの意味もないことなのですけれどね。

アジサイの君が、はかなく笑った。

——意味あるから気づいたんやろ。あんたにとって。このアジサイが咲いてるんが、目に入ったように。

——まあ、いいことをおっしゃるのね。十五年だなあって、つくづくこれ見ながら思いましたけど、つくづく思ってたから、これを見つけたのかもしれませんね。

アジサイを活けたコーラの瓶を、キリオは摑んだ。

——これ、持って帰りなはれ。これをつくづく見とったら、つくづく今までのこと考えたり、思い出したりできるんやろ。あんたの部屋に、置いとくべきやわ。

——そんなことだけして毎日が過ぎていくのは、怖いです。抜け出せなくなりそうです。

――大丈夫やで。いくらあったかいとこで大事にしたげても、そんなにはもたへんやろ、花。

アジサイの君が顎を引き、上目遣いでキリオの目を見ておずおずと話す。

――捨て、るのですか。花が枯れたら、捨てる、のですか。

――そりゃあまあ、そうやな。花なんてそんなもんやで。

――だけど、こういう花って、いつ枯れたのかわかりにくいですよね。花びらがぽろぽろこぼれ落ちるわけじゃないし。

――そりゃ、こっちが決めてやらなあかんのやろな。花に向かって、あんた枯れてるで、終わりやでって。

――……わたくしね、嫌なんだと思います。お葬式に行って「この人が死んだとき」を、みんなで決めるのが、嫌なんだと思います。

――一方的に決めつけたくないんやな。

アジサイの君が、こっくりとうなずいた。

――ひとりひとり、気持ちが違いすぎますもの。

キリオからコーラの瓶ごとアジサイを受けとる。

――ありがとうございます。なんだか、すっきりしてきました。

——そりゃ、よかったですな。

——今、思い出しました。わたくしね、一度だけあの子に訊いたことがあるんですよ、お父さんのこと、好きですかって。そしたら一言、バーカ、って言われました。

——口、悪いですな。

——そう、いっつも口が悪かったんです。なにかこちらが問いかけても、しょっちゅうバーカ、って言ってました。学校、どう？　バーカ、ご飯食べに行こうか、バーカ、風邪治った？　バーカ。かわいいわね、バーカって。だけど、好きでした。ぜんぶ、かわいく思えて。

——ほんとの娘みたいに、ってやつですか。

——いいえ、憧れとしてですよ。好きな人の遺伝子を半分持っている、とてもうらやましい肉体として、わたくしにはいつも、光り輝くような存在でした。その上で、誰に向かっても平気でバカって言える無邪気さがね。人に悪態ついて嫌われたりすることなんて、なんとも思っていなかった。わたくしの、正反対でした。でも不思議と、馬が合ったんですよね。あの子、結局生まれた家を一生出なかったんですよ。バカバカ言ってたのは、もしかしたら世の中が怖くて、威嚇していたのかもしれませんね。そんなに、怖いことなんてないのに。

——そんなに怖いこと、なかったですか。

——ないでしょう？　なにか、ありましたか？

——まあ、そんな怖い目にも遭ってきませんでしたが、なにをもって「世の中」って言ったらいいんか、迷いますな。

——わたくしと結婚してください。

——はあ⁉

——って、突然わけもなく言われたら、怖いですよね。

——そうですな。しかしなぜか突然人が近づいてくるっていう意味での怖いんかもしれへんようなことなら、ここんとこしょっちゅう起こります。

——しょっちゅうですか。あらあら。なんだか、咽喉《のど》がかわいてきちゃった。

アジサイの君は、コーラの瓶からアジサイを抜きとると、ぐびぐびと中の水を飲んだ。

——ありゃ。そりゃコーラやないで！

——あーおいしかった。おかわり。

あんたお腹こわしはるで、とキリオばぶつぶつ言いながら、流しの水を瓶に注いでいると、腐ってもアジサイ、よいお味です、とアジサイの君が背中から声をかける。

アジサイに味なんてあるんやろか、と言いながらキリオがわたした瓶に、アジサイの君はアジサイをするりと入れて、天井からぶら下がっている円形の蛍光灯に向けてかざした。

——バーカ。

なにをもって「世の中」って
言ったらいいんか、
迷いますな
キリオ

ミルキー

キリオはふわあ、とあくびをしながらのびをした。プラットホームには、冬の日差しがぽかぽかとあたっている。光の中に、ぽつねんと立っている人がいる。とても小さい。

あれ、子どもさんがおるけど、なんや、一人なんか？　あんなところに一人でおったらあぶないで。親は、どこいったんや。

キリオはキオスクから出て、まわりを見回しながら子どもに近づいていく。親らしい人は見当たらない。子どもはキリオに気がついて、眉根をかすかに寄せて、キリオの顔をじっと見た。

――ボク、まさか一人でおんの？　お母さんは？

――おかあさんは、いないよ。

――じゃあ、お父さんは？

——おとうさんも、いないよ。

——ほんなら、どうやってここに来たんや？　誰か大人の人とここに来たんやろ？　その人、どこに行きはった？

——だれもいないよ。ボク、ひとりや。ひとりできてん。

——そんなことあらへんやろう。ボク、いくつやねん。

子どもは片手を上げて、ぱっと開いた。

——ごさい。

——五歳か。五歳はまだ一人で電車には乗られへんで。

——ごさいはひとりででんしゃにのったらあかん、きまりがあるんか。

——いや、きまりって、それは、その……。なんや生意気な坊主やな。ボクみたいなかわいい子が一人でふらふらしとったら、めちゃくちゃあぶないから、たった一人でこうゆうとこに来たらあかんねんで。

——なんであぶないねん。

——そりゃあ、まだこんなに身体小さいし、力弱いし、世の中のことなんも知らんから、あっという間に、抵抗できへんまま悪い人に騙されて連れていかれてしまうねんで。

——おっちゃん、わるいひと？

——いや、オレは、悪い人やないで。ここのキオスクで働いてるおっちゃんや。

——キオスクではたらいてるおっちゃんやったら、わるいひとやないの？

——まあな、たいがいそうやで。悪い人に、キオスクはまかせられへんからな。

——そうか。でもほんまにわるいひとは、オレはわるいひとやで、ってじぶんからはいわへんもんやろ。

——そりゃま、そうやろな。って、ほんまこの子は、ああいえば、こういうやな。

キリオは思わず腰に手を当てた。

——ボクのこと、きらいになった？

——いや、まあ、あんたまだ五歳やろ。多少のことは、大目に見たらんとな。

——おおめにみたらんと、って、なんや？

——えーと、どうゆうたらええんやろな、まあ、ちょっとくらい生意気でもゆるしたるわ、て感じかな。

——べつにおっちゃんにゆるしてもらわんでも、かまへんわ。

——そうゆうとこが生意気や、と言いたいとこやけど、まあそれはともかく、なんでボクは一人でおるんや？　迷子か？

──まいごちゃうわ。じぶんでひとりできたんやって、さっきからいうてるやん。ほっといてや。

──いや、ほっとかれへんで。五歳の子が一人でうろうろしてるの見つけたら、大人がちゃんと保護したらなあかんねん。とにかく、駅長さんのとこにでも、行こか。

キリオは、男の子の手を取った。

──なにすんねん。

男の子は、キリオに摑まれた手をぶんぶん振って、ふりほどこうとする。

──はははは、抵抗したって無駄です。大人のキリオくんの手は、君みたいにちっこい子の手では、びくともしまへんのや。

──おっちゃん、キリオってなまえなんか。

──そうや。

──ボクもキリオやねん。

──嘘や。

──うそちゃう。ボクもキリオや。おねがいやから、てぇ、はなしてえな。

──ほんまの名前ゆうたら、離したるわ。

──ほんまのなまえやって！

――ほんまか？　ほんまのほんまに、ほんまのキリオくんなんか？

――ほんまのほんまに、ほんまのキリオや。

――そうなんか……。

キリオが手の力をふっとゆるめると、キリオ（小）はすかさず手をふりほどいて、ぱたぱたと走り出した。

――こらー!!　ホームを走ったら、ダメです！

駅員の、緊迫した激しい口調の声が降ってきて、キリオ（小）は、思わず止まってかたまった。すぐにキリオが駆けより、背中から抱きとめる。

――摑まえたでえ。みてみ、怒られるやろ。

――うぐ。

――このまま駅長さんのところへ行くな？

キリオ（小）は、ぶるぶると顔を左右に振る。

――嫌なんか。駅長さんとこは。

急にしおらしくなったキリオ（小）は、こっくりとうなずいた。

――ほなら、オレの店んとこでちょっと大人しくしてるか？　いくら日が出てても、吹きっさらしのとこじゃ寒いやろしな。誰か探しにくるまでおったらええわ。

キリオ（小）の顔に笑みが浮かぶ。その耳に口を近づけて、キリオが耳打ちする。

――いつもやったらな、ちょっとこわいおばちゃんがいてはるんやけどな、今日はまだ来てへんからしばらくやったら大丈夫やで。

――こわいおばちゃん、もうすぐくる？

両足を擦《こす》り合わせるように足踏みしながら、キリオ（小）がもじもじしている。

――まだ大丈夫やで。ん、なんや、もしかしておしっこしたいんか。

キリオ（小）が、恥ずかしそうにうつむく。

――あら、まずいな。もうすぐ電車が着くし、お客さんが来るかもしれへん。

――もうでる。

――あかんあかん、ちょっと待ち。

キリオはキリオ（小）を抱き上げると、トイレまで走った。

――ほんま世話かかるわ。店になんでおらへんねんって怒られてしもうたがな。オレ、こんなとこで子連れ狼やってるわけにはいかへんねんで。

――こづれおおかみ、ってなんや？

――そっか、君は知らんやろな。まあ、そんなことはどうでもええねん。まずは、ほんとうの名前を教えてくれへんかな。

——だから、キリオやってゆうてるやん。

——それは、わかった。名字や、名字。キリオの前に、○○キリオです、ってなんかついてるやろ。

——しらん。

——しらんことないやろう。フルネームっちゅうやつや。

——そんなもん、おしえてもろうたことないわ。

——どんな親や。

——おや、ってなんや？

——お父さんとお母さんのことやんか。

——おとうさんもおかあさんもいてないって、さっきゆうたやん。

——いてないって、キリオくん、ほんまにいてないんか？　家に帰ってもか？　一緒に住んでないんか？

——ボクには、さいしょからいてないんや、おとうさんも、おかあさんも。

——最初からいてないって、そんなん、誰かてお父さんとお母さんがいるから、この世に生まれてくるんやで。

——でもボク、ひとりでうまれてきたんや。そういわれた。

——言われた、って、誰に？

——すみませーん。

突然かん高い声が二人の頭上に降ってきた。

——このへんで、五歳くらいの男の子、見かけませんでしたか？

キリオが顔を上げると、栗色の髪をきれいにカールさせた、淡いピンクのスーツを着た女性が立っている。ラメ入りの上着の金色の縁飾りが冬日にきらきらと反射している。

——それ、キリオくんのことですか？

キリオは思わず、キリオ（小）の脇を抱えて持ち上げた。

——わあ、いたあ、キリオちゃん！　なんでそんなところにいるの？　じっとしとかないとダメって、言ったでしょ。

キリオ（小）は手足をバタバタさせる。

——この人が、お母さんか？

——ちゃうわ。おっちゃん、よけいなことすな。はなせ。

——お母さんやなかったら、この人はなんや？　お姉さんか？

――もっとちゃうわ！

――もう、キリオちゃん。めっ、しますよ。

――あんた、この子のなんですの？

――母親に決まってるじゃないですか。タイツがやぶけたので、トイレへはき替えにいってただけですよ。すぐに戻るからじっとしていなさいってあれほど言っておいたのに。

キリオ（小）を見ながら、片方のほっぺたをぷっくりとふくらました。

――まあ、それやったらとにかく連れていってください。キリオくん、よかったな、お母さん、見つかったで。

――おかあさんやない！　おかあさんとちゃう〜。

キリオ（小）は、手足をバタバタさせながら激しく泣いた。ちぎれ飛んだ涙がキリオの顔にふりかかる。

――おいおい、おちつけや。

キリオは暴れるキリオ（小）の手足を押さえつけながら、キオスクの外に出た。ピンクスーツの人は、しゃがんで両手を広げ、にっこりと微笑み、息子を受け入れる準備をしていた。キリオが手を離すと、キリオ（小）は勢いよく駆け出し、両手を広げるピンクスーツの人の脇をすりぬけてプラットホームを走り過ぎる。

——またおまえか。いいかげんにしなさい！

キリオ（小）は、制服を着た駅員に摑まり、脳天にごつんとげんこつを食らう。キリオ（小）は、うわあああ、と大声で泣き出す。

——うわ。どうした。ぜんぜん力入れてないのにそんなに泣くことないだろう。

駅員は青ざめる。キリオ（小）は、駅員の膝の上でわーわー泣いている。

——お、おい。

キリオ（小）をなだめようとあせってゆする駅員の腕を、ピンクの腕が摑まえた。

——やめてください！　ゆらさないでください！　キリオちゃんがかわいそうです。キリオちゃんが……、うわあああああん。

駅員の腕を摑んだまま、ピンクの人は人目もはばからず大声で泣き出した。駅員はますます青ざめ、声も出ない。

——なにごとですの？

今到着したばかりのヨシノさんが、ぽかんと口を開けたままのキリオに低い声で訊いた。

――ひくっ。

駅長室のソファーに毛布をかけられて眠っているキリオ（小）を見つめながら、その女性がしゃっくりを一つした。泣き寝入りとはこのことやな、とその横でキリオがぼそりと言った。

――ひくっ。

――だいじょうぶですか。

駅長が訊いた。

――だい、じょぶです、ひくっ。

――まずは、お名前をお聞かせいただいてもいいですか。

――キムラ、ひくっ、キムラ、ハナエ、です。

――お子さんの名前は？

――キ、ひくっ、キリオ、です。ひくっ。ち、ちょっと、ひっ、ま、って、もらえますか。

あ、はい、と答えて、駅長がペンをことりと置いた。

キムラハナエは、胸をそらして、鼻からゆっくりと息を吸い込んだ。ん、と言って息を止めると、白い顔が一瞬で真っ赤になる。目をつぶり、ゆっくりと、ひょうたん

ひょうたんひょうたんひょうたんひょうたんひょうたんひょうたんひょう
たん……、と息が続くかぎりとなえつづけた。すべての息を吐き終えると顔を上げて
薄く開いた口からゆっくりと息を吸い込んだ。

ふう。一息つくと、キムラハナエは脱力したように肩を下げた。

──ひょうたんひょうたんひょうたん、って、息が続くかぎりとなえるとね、しゃっくりが止まるのよ。これぜったいほんと。ね、ほら、止まったでしょう。わが家の秘伝よう。覚えておくといいわよ。

ほんまですな、とキリオが思わず感心して答えると、キムラハナエは、きらきらと目を輝かせて笑った。

──それで、キムラさん。

駅長が冷静な声で尋ねる。

──はい？

──キリオくんは、あなたのお子さんということで間違いないですね。

──はい。まあ、血は繋がっていないんですけどね。

──どういうことですか？

──どういうことって、そういうことですよ。

唇をとがらせる。

——はあ。

——なんか、嫌な感じ。あたしがほんとうの母親じゃないから、この子がなついてないって思ってるでしょ。

——いえ、そんな。

駅長が苦笑いをする。あ、とキリオが急に声を漏らすと、なんですか、とキムラハナエがキリオをにらみつける。

——あんた、また伝線してはりますわ、タイツ。

キムラハナエの黒いタイツの真ん中に、五ミリほどの裂け目が走っている。

——やだあ、ほんとだあ。どうしよう。今はき替えたばっかりだったのにい。もう予備のは持ってないわ。

——タイツとかストッキングやったら、上のキオスクでも売ってますよ。

——あらそうお？　じゃあ買ってくるわ。

——え、今ですか？

記録を取っていた駅長が顔を上げて訊くと、だってキリオちゃんまだ寝てるもん。すぐに戻りますから、と言ってキムラハナエは、さっさと立ち上がって部屋から出ていった。しょうがないなあ、ちょっと、この子みといてくれますか、あの人が戻ってくるころ私も戻りますから、とキリオに言うと、駅長も出ていってしまった。

——オレもそろそろ戻らんとやばいんやけどな。

キリオが、そわそわと腰を動かしたところに、おっちゃん、とキリオを呼ぶ声がした。

——おお、キリオくん、起きたか。

——さっきからおきてた。

ソファーの上で半身を起こす。

——たぬきねいりか。

——なんやそれ。

——たぬきは人を化かすやろ。せやから嘘でねてることをそういうねん。

——そんなん、できるわけないやん、たぬきに。どうぶつやし。

——どうぶつやから、ばかしたりできるんやんか。

——そうなんか？　まあ、そんなんどうでもええわ。おっちゃん、ボクをつれてって。

——つれてく、ってどこへ？。

——どこでもええねん。とおくへ。

——そんなわけにはいかんわ。オレ、仕事中やし。

キリオ（小）が、ソファーからぴょんと降りて、キリオの腕を掴む。

——これもしごとや。ボクをでんしゃにのせろ。

——いやいや、そんなことはできまへん。

——のせるんや。

キリオ（小）は、キリオの手を掴んでぐいぐい引っ張った。おいおい、と半分笑いながら、キリオは引っ張られるままについていく。階段を上って、ふたたび冬の日のさすプラットホームに出る。

——でんしゃくるわ。のるで。

——ちょ、ちょっと待ちや。

キリオは押しとどめようとするが、キリオ（小）の力は思いのほか強くて、ホームの電車乗口に引っ張られる。電車がホームにすべりこむ。金属音が耳に響く。風が顔にあたる。ドアが開く。と、キリオ（小）が手を離して電車の中にさっと入りこんだ。おいおい、待てや、と言いながら、キリオがあわててあとを追い、電車に乗り込んだところでドアがゆっくりと閉まった。発車ベルが響き、かたんと一瞬ゆらいでから電車は走り出す。

――乗ってしもうたがな。どうしてくれんねん。

――のってしもうたもんは、もうとめられへんよ。いすあいてるで。おっちゃん、すわろうや。

――まあ、こうなったらしゃあないな、とりあえず次の駅まで座るか。

キリオは座席にどっかりと座った。キリオ（小）も隣に座り、キリオの腕に手を回してその身体にもたれかかった。

――おっちゃん、あったかいわ。

――そうか………。

――ありがとな。しゅうてんまでいこな。

――終点までは、無理やで……。

キリオは座ったとたん強烈な眠気に襲われ、次の駅に着くまでに眠ってしまった。キリオ（小）もキリオの腕に手をからませたまま目をつぶった。二人は、電車の揺れに身体を任せて、深い眠りへと入っていった。

――おっちゃん。ついたで。しゅうてんや。

キリオ（小）が、キリオの肩をゆすった。

――お、おお……。

キリオはぼんやりしたまま立ち上がった。終点まで来てしもうたんかいな……、とねぼけた声でキリオはつぶやく。その手をキリオ（小）は摑んで、こっちやで、といって電車の外に出た。

――まぶしいなあ。なんやこれ。真夏かいな。

――ボクらきっと、みなみにいくでんしゃにのったんや。

――そうか。けど、いくら終点までっていっても、あの駅からそんなに遠くまで行けるんやったか？

――おっちゃん、よけいなことは、かんがえるのよそうや。

――うん、そうか。そうやなあ。しかし、あったかいなあ。

――ほんまやなあ。

――気持ちええなあ。

――うん。ええきもちする。

――なんやどこもかしこも白いな。たてもんも白いし、道も白いし、空も白いわ。真っ白や。どこやねん、ここ。なんか、水の流れる音がするわ。なんやろ。あ、川や。川の流れる音やったんや。うわあ、川の水まで白いで。

――ほんまや。ぎゅうにゅうみたいや。

キリオとキリオ（小）は、川べりに膝をつけて、川の流れを見つめた。川上のほうに、川にかかる白い橋が見える。

――あれ、あの橋、渡ったほうがええんやろか。渡ったらあかんのやろうか。

――おっちゃん、まよったときはやってみるんが、おとこっちゅうもんやで。

――ほんまか？

――ほんまや。ボクらおとこどうしやから、どこまでもいっしょにいったるで。

――ちっこいのに頼もしいなあ、キリオくんは。

――ボクも、おっちゃんのキリオがすきや。

――呼び捨てかいな。オレは「くん」つけたってんのに。

――えへへへへ。

――それにしても、誰も通れへんな。なんやこの町。

――しずかでええやん。

――子どものくせに、にぎやかなんが嫌いなんか？

――うん。みんながあんまりたのしそうにしてると、ボクひとりたのしいきもちになられへんねん。

——ほう、そうか。まあ、そういう感じの子も、どこ行ってもおった気はするな。しずかにしてるんが好きなんは、べつに悪いことやないしな。

——むかしはな、ボクもにぎやかなん、すきやったとおもう。

——昔って、キリオくんはまだ五歳やんか。

——ごさいにも、むかしといまと、あるよ。

——そりゃそうやな。こりゃ失礼。昔って、どのくらい昔のことや。

——おかあさんがいてたころ。

——お母さんはおれへん、ってさっきゆうてたよな。

——ほんまのおかあさんは、やっぱりおったはずや。おぼえてないけど。

——おぼえてないんか。

　キリオ（小）がこっくりとうなずく。

——ほんであるとき、さっきのひとがきてな、いっしょにくらしましょ、って。

——あのタイツ伝線してた人か。

——うん。

——あの人と、二人で暮らしてたんか。

——ううん、三人。あのひとのすきなおとこのひともいた。

——それは、君の、お父さんってこと？

——ううん。ちがう。ボクはひとりでうまれてきたとおもうことにしてるって、そのひとがいってた。

——なんや、まだたった五歳やのに、いろいろ複雑なんやな。

——どうでもええねん。

——ん？

——だれが、だれのおかあさんとか、おとうさんとか、どうでもええねん。

——しかしなあ、なかなかそれは、どうでもええねん、って思われへんのちゃうか？ほんまの大人になるまでは。

——ボク、おとなになるねん。おっちゃんとおんなじ、おっちゃんのキリオになりたいねん。いますぐ。

——今すぐは、そりゃ無理や。だいたいこんなおっちゃんに今すぐなってしもうたら、人生がもったいないやないか。君はなかなかハンサムな顔してるし、かっこようなって、女の子にめちゃめちゃモテたりとかして、そりゃあ楽しい日々が待ってるで。

——そんなん、いらん。あ、はよ、はしわたらな。なんかうすうなってきてるわ。

——え？　ほんまやな。橋げたが、こころなしか半透明や。

——はよ、はよ。

キリオは、キリオ（小）にぐいぐい引っ張られるまま、白い川にまたがる白い橋を渡った。

——あちらがわの人と、こちらがわの人がまじるとややこしいさかい、あんたらは花つけてってや。

真っ白な壁にある真っ赤な扉の前に立つ長い髪の女性が、赤い花を二つ、目の前にかざした。

——まずは小さいキリオさんに。

女性はひざまずいてキリオ（小）の胸ポケットに赤い花を挿した。

——それからおっちゃんのキリオさんに。

立ち上がってキリオの胸に花を挿した。

——なんでオレらの名前、あんた知ってはんの。

女性が深紅の唇でにっこりと笑う。真っ白な歯がこぼれる。口の前に、人さし指を立てる。

——ヤボなこと言わはるんは、ナシですよ。ほなら中にお入りやす。ずっと待ってはった人が、こっちで待ってはります。

そう言って白い手で赤い扉を押すと、グ――、と低い音をたてて扉が奥へと開いた。胸に赤い花をつけたキリオ同士が、手をつないで奥へと進んでいく。

薄闇の中に、白い割烹着《かっぽうぎ》を着た白髪の女が立っている。

――ひっさしぶりやなあ、キリオ。

――あれ、お、おかん。おかんやないか。なんでこんなとこにおんの。

――なんでって、なんやの。ずっとここにおったに決まってるやないの。こうしてあんたのこといっつも待ってたのに、ぜんぜん来てくれへんねんから。なんやすっかりおっさんになってしもうて。でもな、おっさんになってもな、キリオのことかわいいなあ、思う気持ちは、今でもちっとも変わってへんよ。

――おかん、こんなおっさんをかわいいとか、気持ちの悪いこと言わんとってや。

――や、切ないわあ。一人息子を思う母親の気持ちを、気持ち悪いやなんて。ひどい。あんましやないの。ずっと待っとったのに。あんたに会いとうて、待っとったっていうのに、ほんま、あんましや、あんましやで……。

おかんの目からぽろぽろ涙がこぼれるのを見て、キリオはあわてる。

――や、ごめん。ごめん、ごめん。そんなん、冗談や。ほんまはうれしいんや。

――ほんまか。

おかんは、涙でぐっしょり濡れた顔を上げて充血した目でキリオを見る。

――そや。おかんに愛されてるってわかってるから、毎日がんばって仕事して生きていけるんやんか。おかんに恥かかすようなこと、絶対したらいかんな、って思うしな。

――キリオ、あんたほんま、ええ子やなあ。

――おかんかて、今でも色っぽくてきれいやで。

――な、なに言うねんな、急に、この子は、ほんま。

恥ずかしそうにうつむいたおかんの首筋に、赤いものが見えた。

――あれ、おかん、なんか首に赤いもんが……。

――それさわったらあかんやんか！

怒声がして見上げると、目の前に壮年の男が仁王立ちになっている。

――おとん！　なんで、あんたもう、二十年以上も前に死にはったのに。

――うるさいわ。わしかておまえの顔なんか見とうなかったわ。おかあちゃんによけいなことしよるから見るに見かねて出てきただけや。おまえもアホか。息子に色っぽいとか言われてうれしがりやがって。

おとんがおかんの頭をばしっと平手打ちにする。

——おとん、なにすんねん。

——ええのんよ、キリオ。おとうちゃん、そんにいたないようにしてくれてはるから。ちょっと照れ臭いさかい、いちびってはるだけや。

——いちびりは、子どもしか、かわいないわ。

——ふん。子どもと言えばキリオ、おまえどこぞの子どもさん連れてなかったか。

——あ、そや。オレ、キリオくん連れてたんや。あら？　キリオくんがおれへん。キリオくん、どこや。

キリオは立ち上がってきょろきょろとあたりを見回す。

——キリオがキリオくん連れてきて、キリオくん探しとんのか。ややこしいな。

キリオの目の前に、おとんがぬっと立ちふさがる。おかんが背伸びしてその肩をぐっと押さえる。

——ちょっともう、おとうちゃん、キリオの邪魔したらんとこっち座って、茄子の漬けもんでも食べといてえや。キリオ、おかあちゃんはもうあんたの顔見られて満足したさかい、キリオくん探したり。

——わかった、そうする。おかん、また来るわ。

——やくそくやでえ。あ、そや。

おかんが、キリオのズボンのうしろポケットに、なにかをごそごそと入れる。

――え、なんや。今なに入れた?

――ええから、うしろなんか振り向かんと、さっさと行った、行った。

おかんがキリオの背中を思いきりドン、とたたく。キリオはよろけて、トトトトトと片足で跳ねながら前へ進んでいく。転びそうになりながらも顔を上げて叫ぶ。

――キリオく――ん。どこおる――?

叫ぶキリオの目の前には、闇が広がっている。

――キリオさ――――――――ん――――――。

歌うようなきれいな声が空間に響き、キリオは、声のした方向を探す。薄暗い空間の中に、ほんのりと白い光が灯っているのを見つけて、キリオは光のほうへ駆けだす。

――キリオさ――――――――ん――――――。

光のほうから声がすることがわかって、キリオは、なぜか懐かしさで胸がいっぱいになってくる。

――キリオさ――――――――ん――――――。

キリオはうっとりした気分になってきて、思わず目をつぶる。

――キリオ!

急に耳のそばで幼児の声に切りかわったので、キリオははっとして目を開く。目の前にキリオ（小）が腰に手を当てて立っている。その肩に白い細い手が添えられている。手の主をたどると、白い服を着た白い顔の若い女が、にっこりと微笑んでいた。

——こんなところまでうちのキリオを連れてきてくれて、おおきに、キリオさん。

——あんた、もしかして、キリオくんの……。

——ボクのほんまのおかあちゃんや。

キリオ（小）の言葉に、白い顔がゆっくりとうなずく。

——あっちでずっと一緒にいてやれなくて、とても悲しいです。

ほんまのおかあちゃんは、長い睫毛を伏せて、キリオ（小）の頭を見ながら言った。

——でも、がんばらんといかんよ、って、はげましました。おかあちゃんもこっちでがんばるからって。

——こっちでも、がんばらんといかんことがあるんですか。

——そりゃそうですよう。

頰に二つの笑窪を浮かべて、ほんまのおかあちゃんが笑う。

——毎週試験があるんです。試験に不合格やったら、底なしの沼に行って、厳しい修業をやりなおさなくてはなりません。あっちでの勉強が足りへんと、試験に落ちやすいんです。

——そりゃ、たいへんですな。

——ほんまに。せやからあっちでようく勉強しときなさいね、って、キリオに話してたとこです。勉強ゆうてもね、学校で習うんばっかりやないのんよ。人間がちゃんと立派に生きるための勉強よ。

——はあ。オレ、大丈夫かいな。なんやこっちに来る勇気がなくなってきたわ。

——まだまだ先のことですから。いつかきちんと勇気が出るまで、あっちの世界でがんばってください。

——まあ、がんばりますわ。

——あっ。

キリオ（小）が、自分の胸ポケットの赤い花を見て叫んだ。

——お花が枯れてきてる。

赤い花がくったりとうつむき、赤い花びらをはらりと落とす。

——おお、オレのもや。

キリオも、胸ポケットから垂れ下がった赤い花を見る。

——まあ、たいへん。赤い花びらがぜんぶ落ちきる前に白い橋を渡って向こうに行っておかないと、戻れなくなってしまいます。帰り道はあちらです。急いで！

キリオとキリオ（小）は、ほんまのおかあちゃんが指さしたほうを振り返った。

――走りなさいよ、全速力で。決してうしろを振り返らないで。

ほんまのおかあちゃんの目が光った。

――行こう。

キリオは、キリオ（小）の手を握って、薄闇の中を走った。二人の胸から赤い花びらがこぼれて闇を流れていく。かまわず二人のキリオは先を急ぐ。目の前に、真っ赤な扉が見えた。近づくにつれて扉が開いていくのがわかったので、速度をゆるめることなく、扉の向こうへと走り抜けた。ギリギリやでえ、という声が耳をかすめたとき、ぽおんと二人の身体が一瞬空中に浮いた。

ふたたび目を明けると、一面の真っ青な空だった。

――どこや、ここ。

キリオは身体を起こした。いつもの街の見慣れた風景が広がっている。キリオ（小）も隣で身体を起こしながら、目をごしごしこすっている。

――おっちゃん、おなかすいた。なんかない？

――ん、そうやなあ、残念ながらおっちゃんは、今はなんも……あ。

キリオは、ズボンのうしろポケットに手をつっこむ。中にあったものを握りしめ、キリオ（小）の目の前で、手を広げた。

――あめちゃん、食べるか？

まよったときはやってみるんが、
おとこっちゅうもんやで

行方不明見届人

朝のラッシュ時で、ホームはひどく込み合っている。電車がすべりこむ瞬間にガムやペットボトルの水などをあわてて買おうとする人がいて、キオスクは忙しい。ちょっとでもおつりを出すタイミングなどが遅れたら、客がたちまち殺気だってくるのがわかる。キリオはずっと汗をかきっぱなしだった。

しかし電車が到着すると、買い物をしようと目を泳がせていた人もあきらめて、開いた電車のドアへぎゅうぎゅうと飲み込まれていくので、キオスクにはつかの間の空白のような静寂がおとずれる。空白の瞬間に深呼吸を一つしたキリオに、あのう、と話しかけてくる声があった。

はいはいなんでしょう、とキリオが声のしたほうを振り向くと、制服を着た中学生くらいの少女が立っていた。髪を後ろできゅっと結んで、ポニーテールにしている。

——絵の具ください。

——絵の具？

——はい。水彩絵の具。学校で使うんです。一通りの色があればいいんだけど。

——いや、悪いけど、絵の具は、どんなんもここには置いてないですなあ。

——全然ないんですか？　一つも？

——学校に持っていくのに、忘れたんですか？

——はい。ここのキオスクでは絵の具が売ってないんですか？

——どこのキオスクでも絵の具はまず置いてへんと思うで。

——どうしても、売ってないんですか？

——ないなあ。

——じゃあ、おじさんの持ってる絵の具、貸してください。この通り。

少女は手を合わせて、懇願するように言う。

——あかんなあ。いくらそないにお願いされても、ないもんは出されへんわ。

——大人なのに、絵の具も持ってないんですか？

少女は眉間に皺を寄せて言った。

——持ってないやろう、普通、絵の具は。仕事すんのに。絵描きさんやあるまいし。

——駅を出たら、どこかで絵の具を買えますか。

――画材屋さんはないけど、文房具屋さんやったらあるで。あ、でもあっこはたしか十時ぐらいに開店するはずやから、まだ開いてへんな。

――じゃあ店が開くまでここで待ちますから、遅延証明書書いてください。

――は？　それは電車が遅れたときしか出えへんもんやで。

――だって、キオスクに絵の具が置いてないのがいけないんじゃない。

――いやいや、普通置いてへんって。

――とにかくなんでもいいから書いてよ、遅延証明書。

――あかんあかん、第一頼むとこ間違ってるわ。証明書はキオスクでは出されへんし。

少女は、あからさまにむっとした顔をしたあと、突然あっと小さな声を出して、目を押さえてうずくまった。

――おい、どないした？

――コンタクトが、落ちちゃったみたい……。おじさん、ちょっと、探して。

――なんやねんな、なんぎな子やなあ。

キリオはキオスクの外に出て、うずくまる少女の横にしゃがんだ。どのへんで落としたんや？　と膝をついて床を探すキリオの手を、少女がぐいと摑んで立ち上がった。

――この人、痴漢《ちかん》です！

少女の声がホームに響きわたり、まわりじゅうの視線がすべて二人に集中した。

――オレ、オレは、なんも、なんにもやってへんで！

キリオは思わず叫んだ。少女はキリオの腕を摑んだまま、口を一文字に結んで、やっぱり眉間に皺を寄せている。


――それはまた、災難でしたね。

客足の途絶えた昼下がりのキオスクで、キリオは魂を抜かれたようにうつろな表情を浮かべている。

――私が午前中急にお休みしてしまったばかりに。

――いや、ヨシノさんは別に……、や、そうや、ヨシノさんが見てくれてはったら、あの子もあっこまではできへんかったやろな。

――どうしても遅刻にしたくなかったんでしょうねえ。でもだからって……。

――えらい迷惑もええとこです。あの子が遅刻一回つくかつかないかのことで、オレはあやうく前科者になるとこでしたわ。

――でも、まあ、警察沙汰になる前に、嘘だって言ってくれたのは、不幸中の幸いでしたね。

――なんや、やましいことでもあるんちゃいますか。「警察へ報告する」って駅長さんが言ったとたん真っ青になって、警察だけはやめといてくださいって、えらい焦ったとったしな。

――とにかく遅延証明書が欲しくて、痴漢をでっちあげていただけですのね。

――そんなん通るわけないやんなあ。アホやわ。中学生ゆうても、まだまだ知恵の浅い、子どもやねんな。

――でも、キリオさんって、やっぱりなにかこう……。

――ん？　なんで途中で言うのやめはるんですか。やっぱりなんかこう、って、なんなんですか？

――いえ……。

――ヨシノさん？　まさかほんまにオレを疑ってるんちゃうやろなあ。

ヨシノさんは眉を少し上げて、ぶるぶると首を振ってみせた。

――絵の具、ありますか。

聞き覚えのあるかん高い声が聞こえて、キリオは目を見張った。目の前に、朝のあのポニーテールの少女が、むすっとした顔で立っている。

――だから、ないって……。あんた、なんやねん。あれから学校はどうした？　ちゃんと行ったんか？

――もう、やめた、学校。

――やめた？

――絵の具の忘れ物と遅刻。めでたく二つで退学しました！

――はあ？　そんな学校あるか？

――ある。あるの。じゃ。

少女は瞳を伏せ、背中を向けて小走りに去っていった。キリオは店の中から、お、おい、と声をかけたが振り返ることはなかった。

――なんや、変な子やな。

つぶやくキリオの前をヨシノさんの後ろ姿が駆け抜けていった。

――ほんとうに、すみませんでした。

夕暮れの喫茶店でキリオの目の前に少女は座り、深々と頭を下げた。キリオの仕事が終わったあと、きちんと話をするように、追いかけていったヨシノさんが説得したのだった。

——ほら、謝ったらすっきりしたでしょう？

ヨシノさんが笑顔を向けると、少女はつられるように笑顔を見せた。が、すぐにむっとした顔に戻った。

——退学になったって、ほんまなんか？

——正確には、退学じゃなくって、停学ですって。

ヨシノさんが少女の代弁をする。

——停学かあ。どんだけ休まなあかんねん。

——一週間。

——そうか。そんならまあ、しばらく反省して、これからはよけいな小細工なんか考えんと学校へ行ってやな……。

——無理。

——え？

ヨシノさんとキリオが同時に身を乗り出した。少女はすっと立ち上った。

——一週間も休んだら、もう居場所なんかどこにもないもん。やめるしかないよ。

——一週間ほっといたかて、学校の机は腐ったりせえへんで。

キリオの言葉には答えず、少女は窓のほうを向いた。

――学校、このままやめちゃうの？

ヨシノさんのゆっくりとした問いかけに、少女はゆっくりとうなずいた。

――そうなの。せっかくすてきな学校に行ってるのに、もったいないわねえ。まあ中学校なら、義務教育だから地元の学校に行けるでしょうけど。

少女は眉間と鼻に皺をぐっと寄せ、きっとにらみつけた。

――学校は、もう行きません！

キリオもヨシノさんも、大きな声に驚いて目が点になる。

――わかった、わかった、わかったわ。それはわかったから、あんたそんな興奮せんと、まあ、座りいや。

少女は片頬をふくらませたままゆっくりと座った。

――じゃあ、おじさんと二人だけにして。

――あら、私はお邪魔？

ヨシノさんがきょとんとした目でキリオと少女を見比べながら、含み笑いを浮かべた。

――あらまあ、そういうことなら、私もこれから用事もあることですし、それじゃあ、ごちそうさま、キリオさん。

――オレのおごりかいな。

ふふ、とかすかな笑いを残して、ヨシノさんが去っていった。ヨシノさんが消えると同時に少女は、あーうざい、と小さな声で言った。

――あんたなあ、ヨシノさんかてあんたのこと心配して……。なんかあれやな、いつまでもあんたとかおじさんとか呼びあうのもなんやから、名前教えてもらおうかな。オレはキリオって言うんや。

――知ってる。さっきのおばさんが何回もそう呼んでた。

――……で？

――エミ。

――エミちゃんか。意外とかわいい名前やな。

――きも。ちゃんとかつけないでよ。

――そりゃどうも、失礼しましたな。

エミが伏せていた目をゆっくりと上げて、キリオの顔を見る。

――……怒ってないの？

――そりゃ腹立ってるわ。当たり前やないか。前科つくとこやってんで。

――じゃあなんで、話とかしてくれるの。

――どうしてって、そりゃあ、気になるからやないか。

――なんで、気になるの。

――だからそりゃあ……、そんなん、気になるに決まってるやないか。

――なんで。

――なんでって、あれ、なんでやろ。っていうか、えらい目に遭ったんはオレのほうやで。なんでそんなに問いつめられないかんねん。

――だから、もう、あやまったじゃん。

――あれでしまいか。

――もっとなんかしてほしいの？

――なんもしてほしないわ。援助交際みたいなのと間違われたら、ややこしいだけやしな。そやな。わかった。エミちゃん、いや、エミがもう話すこともないんやったら、オレ、帰るわ。ま、コーヒーぐらいはおっちゃんがおごったるわ。あんたまだ未成年やからな。

――待って。

立ち上ったキリオの手を、エミが摑んだ。

――わたしについてきて。

キリオは、エミに促されるまま、喫茶店を出て、住宅地に続く細い道を歩いた。

――どこへ行くんや。

――どこでもないところ。

――なんやそれ。

エミがぴたりと足を止め、振り返ってキリオと向き合った。

――キリオは、わたしのこと、ぜんぜん知らないでしょ。

――そうや。知らん。

――じゃあ、見届けて。偶然そこにいた人として。

――どういう意味や?

――わたしが行方不明になるところを、見届けてほしい。

――行方不明?

――あっち。

エミが腕を差し出したほうには道が延びているが、先は行き止まりになっていて、左右に道が分かれるT字路になっているようだった。

――あの角まで行ったらどっちかに曲がるから、そしたらわたし、そのまま行方不明になるから。キリオはそれの目撃者になって。じゃ。

エミが勢いよく振り返ってキリオにふたたび背を向ける。スカートが翻る。走りかけたエミの腕を、キリオが急いで走り寄って摑んだ。

――あかん。

――離して。

――あんたまた、オレのこと犯罪者にするつもりかいな。

――ただ目撃するだけなんだから、犯罪じゃないよ。

――いやいや充分あかんわ。オレ、あんたに痴漢呼ばわりされて、一回疑われてんのに、あの子が目の前でおらんくなるとこ見てました、見てただけです、で世間がすんなりオレを疑わんと信じてくれるわけないやないか。

――そんなこと……。

――オレとあんたはな、もう偶然そこにおった人同士やないねんで。

――じゃあ、なに。

――あんたに知り合わされてしまったんやないか。

――ふん、悪かったね。

エミが腕に力を入れてキリオの手をふりほどく。

――もうわかった。見届けてなんてくれなくていいから、どっか行って。

――わがままなやっちゃなあ。

ふたたびスカートを翻して、エミが走り出す。

――だから待てと言っとるやろう。

キリオが追いかける。エミはかまわず走る。道の行き止まりで立ち止まり、どちらに曲がるべきか迷った瞬間にキリオが追いついた。キリオが荒い息をしながらエミの肩に手を置いた。エミの息も荒い。

――ま、ま、まあ、待てや。そ、そりゃあなあ、あんたがどこでなにしようと、オレには、なんも関係ないっちゃ関係ないんやけどな、今はなんやしらんが関係してしもうてんねんから、しゃあないやないか。なんで、行方不明になろうとしてんのか、話くらいは聞こうやないか。聞いてほしいんやろ。

――べつに。

エミは右に曲がると、すたすたと歩きはじめた。キリオも早足でついていく。

――素直やないなあ。こっちがやさしくゆうてるうちに、話したいこと話しといたほうがええのになあ。中学生は、さすがあれやな、知恵が浅いな。

エミの足がぴたりと止まる。

――バカにしてんの？　わたしのこと、バカにしてる？

　エミが少しうつむいたまま、低い声で言った。

――バカになんかしてへんで。やっぱ中学生やなあ、と感心してるだけや。

　エミがくるりと振り向く。ポニーテールが揺れる。

――中学生と思って、バカにして！

――せやからバカになんかしてへんって。ちょっとアホやなあ、と思うてるだけで。

　おんなじことじゃない、と言いながらエミがこぶしを握ってキリオの腹部に向かってパンチをくり出したが、キリオはさっとそれを左のてのひらでうけとめる。

――おう。けっこう重いな。手ェ、しびれるわ。

　エミははっとしたように腕を引いて下げ、頭を下げた。

――ごめんなさい。

――急にしおらしいな。

――わたし、ときどき、こんなふうに腹が立つと抑えきれなくなる。

――まあ、そんなときもあるわな。

　エミの目にじわじわと涙が浮かび上がってくる。

――だから、腹立ってもなにしても、なんにも意味のなくなる、行方不明の人になりたい。

——ん、意味がようわからんぞ。

——生きているけど、どこにもいない人になれば、誰からもなんにも、言われないですむし。

——いろいろ言われるんが、いやなんか。

エミがこくりとうなずいた。

——いろいろって、学校か？　家か？

——両方。

——そうか。まあどんなんか知らんけど、いろいろ、あるんやろなあ。まあそら、いろいろうっとしいやろなあ、そんくらいのときは。

——キリオは、うっとうしくないの？

——オレが中学生やったときも、そらいろいろうっとうしかったで。大人の言うことも、先輩づらするやつらのことも。

——そうじゃなくて、今。

——今か？

——毎日毎日、人間がうじゃうじゃ、虫みたいに駅に集まってきて、階段もプラットホームもいっぱい人がいて、その人たちがみんなせかせか動いてて、うっかりこっちが立ち止まったら、せかせか動いてる人とバシバシぶつかったりなんかして、それでもつきとばすみたいにするだけで声もかけなくて、そんな人ばっかり、相手にするのって。

——それがオレの仕事なんやし、ちゃんと人が来てくれへんかったら、仕事のうなるし。確かになあ、人間多いなあ、多すぎるなあ、とは思うけど。

——こんなに多いから、わたし一人ぐらい行方不明になったって、いいよね。っていうか、おまえ一人くらいはいなくなれって、いっつも言われてるような気がしてるんだけど。

——誰もあんたに、いなくなれ、なんて言うてへんで。

——言葉ではっきり言われたことはないけど、そういう声がどこかで聞こえる気がする。

——敏感になりすぎてるねんな。気にせんといたらええのにって思うけど、難しいんかなあ。そや、絵の具は見つかったんか。今なら文房具屋も開いてるやろ。

——絵の具はもういらない。学校やめたんだし。

——そうか。でも、学校と関係なしに、絵は描いたらええんちゃうか。誰にもなんも言われへんと、自分の描きたいように。誰かにモデルになってもろうたりしてな。

——じゃあ、キリオが、わたしのモデルになってくれる？

——え？　オレ？

エミがゆっくりとうなずく。

——オレかいな。こんなおっさんなんか描いても、おもしろくないやろ。

エミが首を振る。かすかに笑みが浮かぶ。

——おっさんだから、おもしろいと思う。

キリオは、すべり台と砂場だけの小さな児童公園のベンチに座っている。エミはその前にあるパンダのオブジェに腰を降ろしてスケッチブックを広げた。

——なんや、こんなところにぼさっと座ってるだけなのを絵に描かれるなんて、間が抜けてる感じがするなあ。

——ごちゃごちゃ言わないで。動いちゃダメ。うーん、ちょっと横向いて。

キリオが左を向くと、またうーんと少し考えたあと、反対向いて、とエミが頼んだ。

——あ、その角度、それでじっとして。

平日の真昼の公園は他に人がおらず、しずまりかえっていた。遠くで鳥が鳴く声だけが聞こえてくる。

――キリオは、いい感じの耳の形してる。

――そうか。自分がどんな耳の形してるんか、見たことないなあ。

――うっそ、そんなわけないよ。

――嘘やないで。ないもんはないんや。だいたい自分の耳になんか、なんも興味持たれへんし。

――じゃあ、なんに興味あるの？

――さあなあ、なんやろなあ。もうなんもないなあ。昔はこれでもいろんなもんに興味持ってた気もするけど、それももう忘れてしもうたなあ。

――キリオも行方不明なんだ。

――どういう意味や？

――昔の気持ちがどっかに行っちゃって、なんていうか、心が行方不明のまんま生きてるってこと。

――まあ、そういうもんかもしれんな。

言いながらキリオが頭をかいた。

――あ、いかん、動いてしもうた。

——ありがと。もういいよ。

——お？　もう描けたんか。

——うん。

——どれ、見してみ。

キリオが促すと、エミはスケッチブックを自分の胸に寄せた。

——怒んない？

——はは、似てへんのやろ。

——そういう問題でもないんだけど。

エミはおずおずとスケッチブックをキリオにさしだす。スケッチブックいっぱいに、鉛筆で耳のデッサンが描かれていた。

——なんやこれ。

——なんか、耳がいいなあ、と思いはじめたら、他のところはどうでもよくなって、耳だけ描いちゃった。

——変な絵やなあ。でも、まあ、おもしろいよ。オレは「耳だけ芳一」ってわけやな。ぱらぱら木から落ちてくる葉っぱみたいやな。

——わたしもそう思った。こんど色をつけてみる。紅葉みたいに。

エミがキリオを見上げながらにっこりと笑った。

――楽しそうやな。

――うん、楽しいかも。絵を描いてる間って、絵を描く意外なんにも考えなくていいし。

――そっか。

――もいっかいこっち向いてそこに座って。それで、両手を組んで。うん、キリオ、手もいい。手を描こう。

――ちょっとずつ身体を取り戻してるみたいやな。

――うん。キリオの身体を全部描いてみたい。

――どっかに行ってしもうたもんを取り戻したいんは、エミのほうやないのか？

――え？

――行方不明になりたいってゆうのは、自分を探してほしいってことなんちゃうか？

エミは、キリオの言っていることが聞こえてるのか聞こえていないのか、一心《いっしん》に鉛筆を動かしている。

――まあ、そんなことどうでもいいか……。

――キリオ、動かないで。

——はいはい。

キリオが目をしばたたかせた。

エミがスケッチブックを胸に抱えてキオスクにやってきた。

——キリオ、できたよ。

——おお。

エミが広げたスケッチブックには、草花や木の芽、きのこ、つくし、枯葉など、四季折々の植物が紙いっぱいに色とりどりに描かれていた。よく見るとどれも人間の体の一部だった。葉っぱは耳に、木の芽は瞳に、つくしは指に、きのこは鼻に、それぞれ見えるのだ。その肉体の形は、キリオの身体をスケッチしたものなのだった。鉛筆の描線に、いずれも透明な色彩がほどこされていた。

——きれいやな。

——ありがと。家に遊びにきてくれた友達に見せたら、同じこと言ってくれた。

——そうか。よかったな。

——うん。停学中にこっそり会いにきてくれて、でも、いつもしているような話だけした。だから絵も、見せられた。

――もうあの角の向こうに消えんでも、ようなったか。

――うん。当分は。学校にも、ちゃんと戻れる気がする。

――そりゃ、よかったな。しかしおもろい絵やな。オレはどこにもおらんけど、絵の全部に、おるんやな、オレの身体が。

――そう、キリオは風景そのものになったの。

エミが照れたような笑みを浮かべてスケッチブックを閉じた。

――ちょっとここに立ってくれる？

エミがキオスクの前にキリオを誘導した。キリオは、言われるままキオスクの前に立った。そのとたん、エミがキリオに向けてシャッターを押した。

――今度はなんや？

――今度は、キオスクの前にいるキリオを描いてあげる。その資料写真撮らして。こんなところでずっとスケッチしてたら、みんなの邪魔になるからね。

――べつにおもろないで。

おもろいのー、ぜんぜん、おもろいのー、と言いながらエミがシャッターを押すたび、ポニーテールがかすかに揺れる。棒立ちのキリオのまわりでは、キオスクで売られる商品が、夕方の光を浴びて淡いオレンジ色に染まっていた。

——ほんとにおもしろい。自分だけのごちゃごちゃの宇宙の一部みたいに立ってる感じがする。つくづくいろんなもの売ってるんだね。本も売ってるの、なんで？

——そりゃ、これから電車に乗る人が、退屈せえへんように、買っていって読むんやないか。

——『恐喝屋』。

エミが本のタイトルを読み上げる。

——これも、退屈しないための本？

——そうや。

ふうん、と言いながらエミが『恐喝屋』を棚から出して一度手にして、また元に戻し、少し後ろにあとずさった。キオスク全体をまじまじと見る。

——新聞が、生け花みたい。

——これはな、それなりに技が必要やねんで。

——こんなにきれいに重ねたら、減らしたくないよね。

——いや、買ってもらって減らないと困る。

——そりゃそうか。キリオって、ずうっとずうっと、生まれたときからそこにいるみたい。

——そんなわけあるかいな。まあ、そうやな、キオスクは狭いけどなぜか落ち着くけどな。

エミが納得したように何度かうなずいた。

——やっぱり、ここのキオスクには、絵の具も置いたらいいのに。そしたらみんな楽しい気持ちになれるのに。

——みんながみんなそんなわけ、あるとも思われへんけど、そうやなあ案外いいかもしれへんなあ。売ってみるかな、「絵の具アリマス」ってどっかに書いて。

——絵のモデルもやりますって書いておけばいいよ。

——それ、オレのことか？

——そう。

——そんなん、あかんわ。もう、ようやらんわ。

キリオは、空を見上げてまんざらでもなさそうな笑みを浮かべた。

行方不明になりたいってゆうのは、自分を探してほしいってことなんちゃうか？

空の中

ずるっ、ず、ずずずず、ずずずずずず。

豪快に蕎麦をすする男の蕎麦の先からつゆが飛び、キリオの顔に当たった。キリオは一瞬顔をしかめて、男から飛んできたつゆのしずくを指先でぬぐう。男はちらりとキリオのほうを見たが、自分がつゆを飛ばしていることに気づいているのかいないのか、蕎麦を食べる箸の手を止めることなく、ずるずるとすすり上げては、ほとんど咀《そし》嚼《やく》することなく呑み込んでいく。キリオは、せわしない食い方しよるなあ、と思いながら、自分もずるずると無言で蕎麦をすすり上げた。

どんぶりを両手で持ち上げて、蕎麦つゆをぐいっと飲んで、ぱっと顔を上げると、男は、うん、まあまあかな、といってそれをテーブルに置いた。

——まあまあの割には、あんたガツガツ食っとったがな。

——そうかな？ まあ、蕎麦なんて、どこもかわりばえしないよなあ。蕎麦粉の割合がどうの、出汁がどうの、ってうるさく言うやつもいるけど、あんなの愚かだね、僕は大した違いなんかどこにもないとしか思えないね。

——そうか。まあオレも、うどんのほうが好きやし、蕎麦の細かい違いはようわからんわ。どっちにしても、あの、コーラみたいな濃い汁は止めてほしいねん。ここのは、そうでもないやろ?

——まあ、ね。僕も溝の水みたいな色してるのはごめんだなあ。血圧も高くなってきたし、医者に塩分控えろって言われてるんだよ。

——へえ。

——キリオくんは、ちゃんと定期健診とか受けてるの?

——いや……。

——そうやってフーテンみたいにして、自由きままにやっているみたいだけど、もう僕ら若くはないんだからね、ちゃんと検査して、気をつけたほうがいいんだよ。

——そりゃまあそうやろうなあ。けど、今さら身体に気をつけて長生きしたって、そんなに意味ないんちゃうか、とも思ってしまうんやけどな。

——家族、いないのか。

——いない。

――一度も、結婚しなかったのか。

――せえへんかった。

――そうかあ。ずっとそんなふうにして生きてきたってことか。しかしねえ、君、今はそれで気楽でいいだろうけど、これから困るぞ。

――なんで。

――年はタダでは取れなくなる。金がかかるぞ、これから。仕事はなくなるのに、あっちこっち病気するし、しまいには、介護が必要になったり。

――そりゃ誰でもそんなんになるんやろうけど、でも、まあ、何度も言うようやけど、あんまり長生きしても意味ないし。

――なんて平気で言えるのは、まだまだ切実に考えていない証拠だね。

――ほっといてや。それよりあんた、オレになんぞ話があったんちゃうんか。

――だからね、君、すぐにでもお金が欲しいでしょう、って話よ。

――はあ？

　キリオはぽっかり口を開けて、手に持っていた箸を下に置いた。

――いい儲け話があるんだよ。君にだけ教えてあげようと思ってさ。このご時世でも、絶対に、確実に、すぐに、がっぽり儲る投資話があるんだよ。

――うわ。そういうことか。今の時代に、そない虫のええ話があるわけないやんか。オレは騙されへんぞ。そんなもん、全然興味ないからな。

――なんでそんなこと言うかな。絶対儲かる話ぐらい、ないことはないってのは、君だって銀行員だったんだから、わかるだろう。

一瞬はっとしたようにキリオの目が見開いたが、すぐに半眼になった。

――あんなもん、三年で飽きたわ。

――あのころはまだ景気よかったのに、突然辞めたりするから、みんな君のこと理解できないって、あとでいろいろ噂が立ってたよ。

――景気よすぎて、逆に嫌になったんや。

――そんなかっこいい理由、あるわけない。

――なんで決めつけんねん。ほんまのことやで。汗かくわけでもなく、人様のお金をあっちからこっちへひょいひょいって動かすだけでぼろぼろっと金が増えて、ほんでその増えた人様のお金をこっちがごっそりもらうやなんて、変やんか。家とかなあ、土地とかなあ、そんなもん、住めればええだけのもんやのに、なんかこう、ゲームの駒みたいにして。

――家も土地もゲームの駒に決まってるじゃないか。どうして君はそんなにきれいごと人間なんだ？　偽善だよ、偽善。

――あんたにそんなこと言われる筋合いないわ。嫌やったもんは、嫌やったんや。もうええわ。そんな用事やったら、オレ、関係ないわ。帰るわ。

キリオは千円札をテーブルに置いて立ち上がった。男は忙しくまばたきをして立ち上がり、おい待てよ、とキリオの後を追って店を出た。

――なあ、元同僚のよしみじゃないか。話は最後まで聞いてくれよ。

――いやじゃ。

キリオは背中を向けたまま言う。男は、まあそう言わずに、と言って腕を摑んだ。気安くさわるなや、とキリオは低い声でその手をふりはらおうとすると、僕、めちゃくちゃ困ってるんだよ、助けてくれよ、と男が今までとは違う、頼りなく震える声を出した。キリオの足が止まる。

――その手には、乗らんで。そうゆうのにつきあって、さんざん苦労させられたからな、オレももう、そうゆうのに、乗らんことにしたんや。かしこなったんや。

キリオは男の肩を強く摑んで顔を近づけると、じっと目を合わせた。

――わるいな。

男は目を見開いたまま、キリオの視線を受け止める。キリオは左の口角だけ少し上げて、ふっと笑い、視線をはずして肩から手を離した。その手を男がぐっと掴む。

——こんなこと、誰にも、他にもう頼む人がいなくて、死ぬ気で、君に頼んだっていうのに。ほんとうに儲かるんだ、ほんとだよ。この話を君に断られると、僕はもう、死ぬしか、ないのか……僕は……誰からも、見捨てられて、悲しく、死んで、しまうしか、ないってことだな……。

——やめえな、そんな、脅しみたいなこと。とにかく、何十年ぶりかに会った人間になんか言われても、オレもどうすることもできんわ。ほなさいなら。

キリオは男の手をふりほどき、背中を向けたまま片手を上げた。その手を男が飛び跳ねてまた掴む。キリオの身体がぐらりと傾く。

——とにかく、金がいるんだよ。

——だから気安くさわるな。

キリオは大きな声を出して、ふたたびその手をふりほどく。

——騙されたんだ、女に。

——は?

——バブルのときにずいぶん儲けてさあ、それなりに金は持ってたんだ。だけど、一緒に住んでた女に、ぜんぶ、持ってかれて、おまけにそいつの借金まで……。

――保証人にでもなっとったんかいな。

――女の父親に……頼まれて……。だって、彼女と結婚するつもりだったし。形だけだからって……。今思えば、あの男、グルだったんだ。父親でもなんでもなくて。

――どこで知りおうた女かしらんけど、あんたも人見る目ないなあ。昔は、えらい、バリバリ仕事してたのになあ。

――仕事は、今だって……。

――銀行員やってるんか。

――いや。不動産の事務所を立ち上げて、社長になったんだ。

――へえ。

――事務所設立の資金も、今までの貯金で足りるはずだったのに、ぜんぶなくなってしまって、それでももう引き返せない状態になってたから、借金しないとだめになって、結局多重債務抱えることになったんだ。今、この業界も苦しくて。

――そりゃあ、気の毒なことやなあ。

――そうだろ？　気の毒だろ？　この可哀想な僕を助けてくれよ。ちょっとでいいんだ。それに、絶対儲かるって話は嘘じゃないんだ。僕が金持ってたら絶対自分でやってる。君には、絶対に損はさせない。最低限の不動産の手数料しか、払わなくていいから。

――土地転がしかいな。

――言い方は古いけど、まあ、そういうことだよ。

――オレはそういうの、もうようせえへんねん。悪いけどな。

――別に転がさなくても、君が買い取ったままマイホームにしたっていいんだよ。今底値だから、将来絶対得するって。

――オレは今のアパートで充分や。一人もんやし。

――家持ってたら、女の人も来てくれるさ。

――そんなんも、もうええねん。

ぶるぶると首を振るキリオを見て、男がにやりと笑った。

――君も、それなりになにか、あったようだね。

――は。君ほどやないけどな。

嫌みを感じたキリオは、いかにも嫌みを言っているふうに男に返す。

――だいたいあんたも、自分が女に大変な目に遭わせられて懲りてるはずやのに、よう人にそんなに無責任に「女の人も来てくれるさ」なんて、言えますな。

――あんなひどいことできる女は、そうそういません。とにかく、ものすごく、いい女だった。

——アホやなあ。まだ惚れてんのか。

——いや……。

言いながら力なく頭が下がり、目が潤んできた。

——未練たらたらやな、あんた。

——五十の失恋は、正直、若いときより、ずっとキツい。ものすごく、キツい。

男が顔をしかめた。目をぎゅっとつむって、涙を無理に止めようとするが、どうしても嗚咽《おえつ》が漏れてしまう。キリオは空を見上げて溜息をついた。

——まあ、そうやな、オレもまあ、その感じは、わからんでも、ないわ。

男は顔を上げた。とたんに涙があふれ、目尻からつつっと頬を涙が伝った。

——な、泣きなや。

——君なら、君ならわかってくれると、頭にしっかり君の姿が浮かんだんだよ。二十年以上も前の、顔だったけど。まだ、若者ふうだったころの……。

——ふう、ってなんや。二十年以上前やったら、オレも若者やろうが。しかし、二十年なんて、あっという間やな。あっという間に過ぎてしまう一年が、二十回あるだけなんやな。

——じゃあ、今年は、あっという間に過ぎてしまわない、忘れられない長い一年に、してみましょうよ、一緒に。

男が両手でキリオの肩をやさしく摑む。やめろって言うてるやんか、と言いながらキリオはまたその手をふりはらう。男は口に手を当てて、おほほ、と上品なご夫人のごとく笑う。

——あんたに付き合ってたら、忘れられない、とんでもない悪い一年になるんちゃうか。

——そんなあ。助け合いましょうよ、お互い淋しい独身中年同士。

——一緒にすな。そんな同士、なりたくないわ。

キリオは男に背を向けて、逃げるように走り出す。ふと目の前を見ると、バスが止まっている。ドアが閉まりかけているそのバスに、キリオは声をかける。

——待ってくれ、乗せてくれー、頼む。

キリオは息を切らしながらバスに乗り込んだ。どこ行きかわからないが、近所のどこかで適当に降りればいいとキリオは思っていた。と、一五〇〇円になります、という声が聞こえて、なんでや、と言いながら振り向いた。

――キリオくーん。

うれしそうに男が手を振りながら近づいてくる。二人の間に風が吹き抜ける。

――なんでおまえが先におんねんな。

――空港行きのバスに乗ったのが見えたから、電車で追いかけてきたんだよ。電車のほうが早く着いたね。

男は満面の笑みを浮かべる。キリオが飛び乗ったバスは、空港へ直行するリムジンバスだったのだ。

――なんでこんなところまで追いかけてくんねん。いくら言われてもあかんで。だいたいあんたに預ける金なんか、どこにもないわ。最初から人選が間違ってるがな。

――うん、そのう、そのことなんだけど。

男が上目遣いでキリオを見つめる。

――金のことは、もう、いい。いいんだ。君に頼んでも無駄らしい、ということは、よくわかったし。

――ほな、なんでオレのこと、ここまで追いかけてくるんや？

――もうちょっと、一緒にいたかったんだよ。

――おっさんがおっさんに、気持ち悪いな。

——淋しいんだよ。おっさんなのに淋しいっていうか、おっさんだから淋しいんだよ。同じ淋しいおっさんの君なら、わかってくれるだろ？

——勝手に「淋しい」をつけるな。オレは別に淋しくなんかないで。

——いや、淋しいよ。自覚はなくても淋しいオーラを放ってるのが、僕にはわかる。そんな君と、ひととき淋しさを共有したい。

男は真剣なまなざしを向けてくる。やめてくれよ、と眉をひそめてあとずさるキリオの手を取る。

——せっかく飛行場に来たんだから、飛行機を見にいこう。このビルの屋上にね、飛行機の離着陸が見渡せるいい場所があるんだ。気持ちいいよう。胸がすきっとする。

そんなん、ええわ、などとぶつぶつ言って抵抗しようとするキリオの腕を、男はがっちり掴んで連れていく。抵抗する気力も失いつつあったキリオは、腕を引かれるままにエレベーターに乗り、男と一緒に屋上に出た。

空が広い。風が強い。男は早足で金網に近寄り、とぶぞう、と低い声でつぶやいた。ゆっくりと男の後を追うキリオの目の中に、水色の空を上昇していく飛行機の姿が映る。その飛行機を、男は口を半開きにして目で追っている。

——あんた、よっぽど好きなんやな、飛行機が。

──まあね……。

　飛行機が空のかなたにすっかり消えていくまで見守った男が、ふとキリオのほうに顔を向けた。

──いいよね、ああやって、空に消えていけるなんて。

──消えたわけちゃうやろう。どっかに行っただけや。

──こうやって見てると、そうは思えなくなるんだよね。どんどん小さくなって、空の中に、また消えたって思う。あの中に乗っているはずの、何百人もの人がいっぺんに、消えたって。

──縁起でもないこと思うなや。

──長いこと、あの中の人間になってないからなあ。

──昔は、アホみたいに飛行機乗ってたがな、あんた。

──アホ……か。まあそうだね。アホみたいだったよね。

　男は空気が抜けた人形のようにしょぼんとしゃがみ、金網を背にしてもたれかかった。

──だけどさあ。あのとき誰が気づいたよ、僕たちがしてることがアホだって。っていうか、誰かに誰かをアホ、とか言える権利、あるのか？

——改めてそう言われると、そんなん、誰にもあらへんっちゃあ、あらへんかもなあ。

——ふん……。

——まあ、なにがどうなってどういうことになってるんかしらんが、いくらでもやり直しはできるやろう。元気出したらどうや。

男は顔を上げると、放心の表情からゆっくりと笑顔に変わっていった。

——はげましてくれんの？　キリオくん。

——いや、そんなんちゃうで。そや、こんなことしてられへん。大事なオレの休日がめっちゃ無駄に過ぎてしまってるやんか。帰らな。

——帰るったって、家族もいないんだろ。

——でもオレはあんたみたいに、飛行機に興味があるわけちゃうんや。

——興味持ちなよ。キリオくんは、なんでも興味を捨てすぎや。僕のことにもちょっとは興味を持ってよ。

キリオはさっと振り返って、男の顔をまじまじと見る。

——悪いな。全然興味持たれへんわ。実は、一回聞いた名前もう忘れてん。

——うわ、ひどいな。サノくんサノくんって、よく誘ってくれて、飲みにいったじゃないか。

——おお、そうや、サノくん。話くらいはしたかもしれんけど、昔からあんたのこと、別に興味はなかったんやと思うで。

——思うでって、そんな、つめたい人間だとは夢にも思わなかったよ。

——そりゃどうも。オレがつめたい人間やったたってことが、二十年かけてやっと気づいてよかったですなあ。はっはっはっ。

わざとらしく笑うキリオの背後の空を、ジェット機が轟音をたてて飛び去っていく。飛行機の音が消えたとき、サノの顔が真顔になっていることに、キリオは気づいた。

——そうやって笑っていられるのも今のうちだけどね。

——どういう意味やねん。

プラットホームに、春の風が強く吹いている。大学生くらいの若い男が、ポケットに手をつっこんだまま立っている。目の前にすべり込み、ドアが開いた電車に乗り込むこともなく、ずっとぼんやり立ったままである。ときどきちらりとキオスクに視線を向ける。視線を感じたキリオは若い男を認め、ずいぶん長い時間そこにいることに気がつく。男とキリオの目が合う。目が合ったとたん、男はさっと視線を避けた。キリオは、なんやろ、と思いながらもさして気にせず、商品の点検をしていると、キリオさん、ですよね、と震えるような声で男に話しかけられた。

――はあ、そうですけど……。

――僕、サノです。

――はあ、サノさん。

――サノの息子です。

――は? あ、サノって、あの、こないだの、元同僚のサノくんの?

――そうです。サノサトルです。

――サトルくんか……。こりゃまた……なんで?

――父が、たいへんお世話になったようで、ありがとうございました。

サトルは深々と頭を下げた。

――いやいや、そんな、お礼言われても困るわ。お父さんには、たしかになんか頼まれそうになったんやけど、すぐ断って、結局なんもしてないねん。

――一緒に飛行機を見るのをつきあってくれた、とうれしそうに言っていました。

――まあ、そういうこともしたけど、あれはオレがまちごうて飛行場行きのバスに乗ってしもうただけやからな。

――それでも、うれしそうでした。ありがとうございました。

——なんやさっきから過去形でお父さんのこと話してはる気がするけど。

——父は、こないだ死にました。

——なんやて。

——はい。

——そ、それって、ま、まさか、そのう……。

サノの申し出をあっけなく断ったときに半泣きになりながら「死ぬしかないのか」とつぶやいていた姿が記憶から蘇り、キリオの口があわあわと動く。サトルがその動きをじっと見つめる。

——父が死んだのは、自殺とかでは、ないです。病気だったんです。癌でした。それでも最近まではわりと普通に元気にしてて。ただ、なんの治療も受けなかったら、あっという間に……。

——なんで、なんの治療もせえへんかったんですか……？

——わかりません。そんなにお金のかかることしてまでちょっとだけ長生きしても仕方ない、というようなことは言っていましたが、癌がわかったあと、家を出ていってしまって。

——家を出た？

――母と、治療を受ける、受けない、でものすごく言い争いになって、父がたまらず家を飛び出したような形で。

――サノくんが、奥さんと……。

――はい。これまでは喧嘩したところなんか一度も見たことがなかったので、僕ももものすごく驚いてしまって、どうしたらいいかわからなくて……。父を、止めることもできませんでした。

――サノくんが結婚して家庭持ってたなんて、知らんかった。

――この間会ったとき、なにも言っていませんでしたか。

――なんや女に騙されて、仕方なく一人淋しく暮らしてるって言ってた気ィするけど……。

――騙された？

――こんなん、言ってええもんかわからへんけど、結婚するつもりやった女に、他の男とグルになってお金ぜんぶ持ってかれてしまったって。五十の失恋はキツい、ともゆうてたよ。

サトルは、片方の口角を少し上げて、ふっと笑った。キリオは、サノの若いときの顔をふと思い出す。

――父は、女好きなところがあったみたいで、失恋したのはもしかしたら、ほんとなのかもしれないですが、女の人に騙されたりなんて、なかったんじゃないでしょうか。騙されて持っていかれるほどのお金を、父は持っていませんでした。家族と喧嘩して家を出てるっていうのがかっこ悪くて、そんなふうに言っただけのような気がします。

――嘘やったって、ことですか。

――父は、あることないこと、よく言ってしまうようで、たまに自分でも何が本当のことか嘘なのか、わからなくなることがあるみたいでした。最後のほうは、それが、ほんとにひどくなってて、いろいろややこしかったです。

――そういやなんか、あのときもちょっとへんな感じではあったわ。って、亡くなった人を今さら悪く言うのも、なんやな。ほんまにこの度は、ご愁傷さまです。

キリオが深く頭を下げると、サトルもどうも、と小さな声で言いながら頭を下げた。

――わざわざ、オレのところまで知らせてくれて。

キリオが頭を下げた。会話を聞いていたヨシノさんが、キリオさん、キリオさん、と遠慮がちに声をかけてきた。

――親友が亡くなられたことをお知りになったばかりじゃ、お辛いでしょうし、息子さんもせっかく来てくださったんですからゆっくりお話しされたらどうですか。今日はもう、キリオさんは帰っていただいてかまいませんよ。

――いや、ヨシノさん、べつに親友ってほどでもないし、仕事をほっぽり出すほどやないですよ。こないだものすごく久しぶり再会したばっかりで、まだなんや、ようわからんな。実感がないんや。

――とにかく、そのまま上の空でいい加減なお仕事されてたら、かえって困りますから。

――オレがいい加減な仕事をするって、えらい決めつけはるなあ、この人は。

キリオとヨシノさんが、それぞれ腰に手を当てて互いの目を見つめあう。と、あの、キリオさん、とサトルが二人の間の空気の澱《よど》みをやわらく分けるように声を発した。

――実はキリオさんに、お話ししたいことがあって来たんです。

――オレに？

――ええ、どうしても。

サトルの目がにぶく光り、キリオの目を捉えた。

――父は、さっき言った通り、あることないことをしれっと話してしまうようないい加減な人間だったんですけど。

サトルが水色の金網に身体をもたれさせて、川の流れを見つめている。キリオも同じように金網にもたれている。ちょっとはマシになったけど、あいかわらず汚いな、とキリオはその川を見て思う。

──あんたも苦労したやろうな。

──そうですね、正直、混乱しました。でもなんか、父のこと、憎めないっていうか、好きでした。うまく言えないんですけど、予想不可能ないい加減さが、おもしろかったんです。

──若いころは、バリバリ仕事してて、とんがったやつやったんやけどなあ。

──結婚して僕が生まれてバブルがはじけて、父はすっかり変わってしまったって、母が言っていました。

──お母さんは、お元気なんですか？

──はい、普通に。

──家出したってとこまでさっき聞いた気がするんやけど、亡くなる前に見つかったんですか？

──ええ。というか、戻ってきました、家に。家出していたのは、三週間くらいです。すっかり痩せて、ほとんど瀕死の状態で這うように戻ってきて。

――そうか……。

――母が、父親に抱きついて泣いて。それからはずっと、リビングにベッドを置いて寝てました。父も母も、ありがとうとか、うれしいとか、やさしいことばっかり言いあってました。僕はほんとうに、ほっとしました。それで、一週間後に、家のベッドの中で死にました。

キリオは黙ったままゆっくりと二度うなずいた。

――死ぬ、三日前くらいだったと思います。キリオさんに会ってきた、と僕だけが部屋にいるのを確かめてから言ったんです。

――ほお。

――飛行機を見てきたって。

――うん。

――もう一度乗りたいと思ったって。

――うん。

――それよりも家族に会いたいと思ったって。

――なるほどな。

――キリオさん、ありがとうございます。

——いや、だからオレは。

——キリオさんにその気がなくても、結果的に家に帰る気にさせてくれたんです。キリオさん、母のこと、知ってますよね。

——は？

——父と母とキリオさんは、同僚だったって。

——え、そうやったんかいな。

サトルは黙って鞄から手帳を取り出し、中の写真を手渡した。キリオは写真を両手でそっと持つ。キリオを真ん中にして三人の若者が映っている。

——左が母、右が父です。

——あっ。

——わかりますか？

——わかるよ。この人、シラキさんやろ。

——そうです。母の旧姓はシラキです。シラキユウコ。覚えていますか。

——おお。そうやった、シラキユウコさん。懐かしいなあ。こうやって三人で飲みにいったこともあったな。

——父が、この写真を僕に手渡しながら言ったんです。お母さんはほんとのこと教えてくれないだろうから訊いても無駄だろうけど、おまえには、話しとくよって。

——何を？

サトルはごくりと唾を飲んだ。細い首につき出ているのど仏がゆっくりと動く。

——おまえのお父さんは、ほんとは、自分じゃなくて、キリオさんかもしれないって。

——は？

——僕も、は？　って思ったんで、どういうことかと何度も訊いたんですが、あとは一緒に飛行機を見た、楽しかった、とだけしか。

——なんやそれ。

——なんとかキリオさんの働いてるキオスクの駅の名前は聞き出せたので、今日思いきってやってきたんです。あの、その、母とは、その……。

——身に覚えはあるのかって？　ないよ、そんなん、ない。全然ない。サノくんの勝手な思い込みや。っていうか、その、それもまたいつものいい加減な嘘なんちゃうか。

——そうも、思ったんですけど、そんな大事なことまで、嘘を言ったりするでしょうか。いくら、父でも。

——けど、ほんまにそういうの、ないで。サノくんが勝手にちら、とでも思ったことが、いろんなことがあって混乱するうちに、ほんまのことのように思ってしまっただけなんちゃうんかな。

――そうでしょうか。

――そうやで。あんたも嫌やろ、こんな変なおっさんが父親やったなんて。

――それはそれで、おもしろいかも、とか。

――とか、ってなんや、とかって。

サトルが顔を上げて少し笑い、すぐに真顔になった。

――病院は行かへんわ、よけいなこと考えてよけいなこと言いよるわで、サノくんはほんま、アホやなあ。

――はい。その通りだと思います。

――あ、いかん、誰にもアホって言う権利はないって、サノくんに言われたんやったんや。

――父がそんなことを?

――でもあかん。やっぱアホやわ、あいつ。

――そういうことにしてもらったほうが、仕方がなかったんだと思えます。

――あ。

キリオは金網から離れて、空を見上げた。

——見てみ、飛行機や。

サトルもまぶしそうに空を見上げた。青い空を貫く飛行機を見つける。

——雲。

——ん？

——白い雲、引いてる。

——自分で生んだもん、引きずってるんやな。

——はい。

飛行機が遠くに消えた空に残った白い雲の筋を、二人でしばらくぼんやりと見つめた。

消えたわけちゃうやろう。
どっかに行っただけや
キリオ

時の煮汁

――キリオくんはなんでそんなに、板についてんの？

――え、なにが？

――おっさんが。もうなんか、生まれたときからおっさんでした、みたいになってるわ。この人に子どものときがあったなんて、ぜんぜん想像できへんっていうか。

――そうか？

――うん。

うなずきながらにっこりと笑うその人のことを、キリオはあらためてまじまじと見る。

――あんたは、ぜんぜんやな。

――ん？

――ぜんぜん、かわってへんな。

――まあ、ね……。

さきほどの満面の笑みがふっと蒸発して、真顔に近くなる。そうだそうだ、こういう顔だ、たしかにそうだ、そうだった、とキリオは確認する。意志の強そうな濃い眉、少しつりぎみの切れ長の目、すっきり通った鼻に、つやつや光るさくら色の、やや薄めの唇。ノーメイクらしい白い顔は少し上気している。皮膚はぴんと張っていて染み一つなく、表情が動いても皺は生じない。

――ていうか、かわらなすぎやで、なんぼなんでも。

――そう、思う？　キリオくんも？

――思う、思う。顔があのときの高校生のまんますぎるやん。おかしいで、オレの同級生やねんから、オレと同い年やろ？

――おかしい、って……。

無理に笑おうとしたのか、女の顔がゆがみ、うつろな目がゆらゆらと揺れる。

――あ、いやその、えっと……。

キリオは眉間に皺を寄せて、女の名前を思い出そうとする。

――キジマです。キジマミエコ。最初に名前ゆったのに、もう忘れてるわ。

――すまんな、忘れてるわけやないんやけど、出てけえへんねん。

――出てけえへんのんが、忘れてるってことやん。

――オレも年取ったわ。しゃあないわ。

あきらめすぎやわ、キリオくん、年取ることに。煮しめたみたいに全身くまなくおっさんになってさ。

――えらい言われ方やなあ。

――でも、それが、正しいんやろね。人間として、正しい、というか、生き物として正しんやわ。

――はあ……。なんやそれ。ごっつうバカにされてるような気もするけど。

——バカになんか、してへんよ、ぜんぜん。キリオくんは、きちんと正しい。ちょっとアホやなあと思うところは、昔からずっとあったけどな。

――なんやて。

――とにかく、ありがとうね。急に呼び出したのに、ちゃんと会いにきてくれて。キリオくん、ほんまええ人や。

――オレのいるとこようわかったな。

――実は、ずっと知ってた。

――そうなんか？

――キリオくんがどういう人生送ってるのか、こっそりおっかけてた。

――ええ？

――キリオくんがこっちに出てきたから、私も来た。

――ほんまかいな。

――誤解せんといてな。そんな、キリオくんに対してすごい強い気持ちがあったとかやないんやで。他にこっちにくる用事ができたからやけど、まあキリオくんもおることやし、行ってもええかなっていうのは、あった。そんときつきあってた人がこっちで仕事するっていうから、私もついてきたんや。

――なんや、彼氏おったら、オレなんか関係ないやんか。

――そうや。キリオくんはいっつもいつでも、ずっと、私なんかなんも関係あらへんって感じやった。私、これでも人気あったのに。

――なんか、学校のマドンナみたいな感じやったよな。それは知ってたで。

――でもキリオくんだけは、私にすごいつめたかった。

――つめたいっていうか、悪いけど、興味なかったんや。

――愛想笑いもしてくれへんかったよね、こっちが笑いかけても。私は悲しかった。私のほうはキリオくんのこと、ほんのり好きやったのに。

――ほんまかいな。あんたモテすぎて自信満々やったから、相手せえへんオレに意地になってただけちゃうか。

キジマさんの眉間に皺が寄る。

――ほんま、なんもわからへん人やわ、この人は。おっさんが煮詰まって煮詰まって、とうとう佃煮みたいになってしもうても、なんもわからんまんま、へらへらしたまんま昇天しはるんやろな。

――はは、そりゃあ、望むところやな。

キリオは眉を少し上げて何度かまばたきをした。喫茶店の大きなガラス窓からあたたかな陽がふりそそいで、二人の座る机を明るく照らしている。二人の前に、それぞれ真っ白なカップがある。キジマさんの前にはレモンの薄切りを浮かべた紅茶が、キリオの前には漆黒のブレンドコーヒーがほのかな湯気を立てている。

――ほんでなんや、なんか用事があるからオレのこと呼び出したんちゃうんか。

――そうやねん。あのな、私、おかしいやろ?

――まあそうやな……とか言って、それ肯定したらまた怒りはるんやろ?

――ちがう。怒ったりせえへん、なんとかしたいねん。

――なんとかって……?

——ちゃんとな、年取りたいねん、キリオくんみたいに。

——女はみんな、なんとかして年取らんようにしたいんちゃうんか。

——そりゃ、最初はそれでよかってん。けどな、どう見てもおかしいやろ？　こんな見た目女子高生のまんまでほんとは五十やて。みんなほんとの年言ったら、だんだん化けもんでも見るみたいに私のこと見はじめるんよ。そんなん、もうたえられへんの。どないかしたいのよ。あんたのおっさんの煮汁をもらえたらええのんちゃうかなあ、ちょっとでも。

——おっさんの煮汁なんて、あるかいな。

キリオはあきれたように言って、コーヒーを一口含んだ。

——なんやコーヒーがおっさんの煮汁みたいな気になってきて、まずうなったやんか。あんた、好きでそういうふうにしてるんとちゃうんか。

——好きでしてるわけないよ。勝手に、止まってしまってん、高校生のときに。

——止まった？

——そう、私に流れるはずの時間がぴたーって、な。止まってしもうてん。心だけ止まったんかと思ったら、身体まで止まってしもうたみたいで、なんかちゃんと年取ることができへんのよ。

——そうかあ。まあそれも難儀なんやろうなあ。

——だって、気持ち悪いやろ、私。

——まあ、でも、ええんちゃうの。永遠少女っちゅうことで、それウリにして生きていきはったら。そういうの好きな人もどっかにおるはずやで。

——いややわ。ちゃんと年取って、はよ死にたいわ。

窓ガラスのほうに向けたキジマさんの目が潤んできているのに、キリオは気づく。本気ですねてる女子高生そのものやな、とキリオは思う。

——ほんでなんで高校生で止まってしまったんや？　なんか、原因みたいなもん、わかってるのんか？

——うん、わかってる。

——なんやの？

キジマさんは、開きかけた口をすぐに閉じて唇に力を入れたあと、ふたたびゆっくり口を開き、失恋やねん、と低い声で言った。

——失恋？

——そう。

——でも、あんた、あんなにモテてたやん。いっぺん失恋したかて、なんぼでも……。

――そんな問題やないんです。

キジマさんは厳しい表情で窓の外を見ている。

――好きで好きで、どうしようもないくらい好きやと思っていた人に、ね……。

キジマさんはそう言うとゆっくりとうつむいて、口を閉じた。しばらく沈黙が流れる。

――好きやと思ってた人に、なんですか。

――願いが、かなって、やっと結ばれる、ってなることがあるよね。

――はあ、まあ、つまり、男女の一線を越えたっちゅうやつですか。

キジマさんが半眼でキリオの顔を見る。

――キリオくん、表現が古いわ。私の思い出を汚さんとって。

――ややこしい人やなあ。ほな、あんた、なにが言いたいねんな。

――とにかくその、そのあとが問題なんよ。好きな人と、そういうことを初めてできたっていうんは、ほんまにしあわせで、これ以上ないくらいしあわせで、幸福の絶頂やったんよ。

――まあ、そうやろうね。

――それが、そのあと、その人、その男、すっかりつめたくなりはって。

――へえ。あ、つめたくって、死んだっていうのの遠回しな言い方とちゃうやろな。

——違うよ！

キジマさんが突然立ち上がる。

——ちゃんとまじめに聞いてくれてんの、キリオくん。

——聞いてるがな。キジマさん、落ち着いてくれや。

キジマさんがはっとしたような表情を浮かべ、少し顔が赤くなる。ますます高校生っぽい顔になってるわ、とキリオは思う。キジマさんはおずおずと椅子に座り直す。

——次の日、私が目を覚ましたときにはいなくなってたんやけど、そのあとはじめて会ったとき、つめたいっていうか、ゴミでも見るような、嫌なもん見る目だけして、逃げるように去っていきよった。電話しても、出てくれへんようになってしまった。これ、どうゆうことやと思う？

——それは、相手の男に訊いてくれな、オレにはわからんよ。

——訊きたくても、連絡とられへんようになってしまったんやもん。

——はあ。つまり、その……あんた、一晩遊ばれ……うぐ。

キジマさんが立ち上がって両手でキリオの口を押さえつけた。

——言うな。それ以上言うな、キリオ。

——う、やめ、う、ぐ、うが。

口と一緒に鼻の穴まで押さえつけられたキリオは、バタバタともがいて、キジマさんをふりはらった。

ぶはあ。キリオは荒い息をする。

キジマさんは、反動でよろけ、椅子とともに床に倒れ込んだ。

――あいたあ、私を殺す気？

――それはこっちのセリフやわ。

激しい口調で応酬しはじめた二人は、お客様！　と叫びながらやってきた喫茶店の店員によって退室を命じられたのだった。

また喧嘩のようなことになっても迷惑にならない場所を、と思ったのか、キリオはキジマさんをさりげなく誘導するように川沿いの道に出た。ゆっくりと流れる川から、ひんやりした風が吹いてる。わずかに生臭い。キリオとキジマさんは、風を身体で感じながらしばらく無言で歩いた。二人の横を、黄緑色のウインドブレーカーを着たランナーが近づいてきて擦れ違い、遠ざかっていった。キジマさんが低い声で話しはじめる。

――私、ものすごく好きだった人と幸福の絶頂まで上った直後に、奈落に突き落とされたようやった。二度とはい上がれないような気がして、めちゃめちゃ苦しかってん。自分がなんてアホやったんやろう、なんであんなアホな男のこと好きになってしもうたんやろって、情けなくて、口惜しくて、悲しくて、ほんまに死んでしまいたいくらいやった。てゆうか、死んでしまったんやと思う。

——いやいや、生きてるって。あんた生きてる。ちゃんと足もあるし。

——ううん、心が死んだ。完全に死んだ。心が死んで、時間が止まってしまったから、身体も止まってしまったままなんやと思う。

——そういうことかあ。

風が強く吹いた。二人とも風の吹くほうに顔を上げた。キリオの白髪交じりの短い髪が立ち上がり、キジマさんの黒髪がさらさらと肩先で躍る。

——いったい誰やねん、あんたにひどいことしたその男は。

——それは、言われへん。

——オレの知ってる男か？

——それも、言われへん。

——なんでや、もうゆうてもええんちゃうか。時効ふたまわりするくらいの時間経ってるで。

――それでも、言われへんもんは、言われへんねん。

――まあ、言いたないことは、無理に人に話すことないけどな。話してすっきりするんやったら、聞いたげてもええんやで。

――ほんまに、なんでも聞いてくれんの？　キリオくん。

――内容によるとは、思うけどな。おんなじ学校のおんなじ教室で、おんなじように小さい机並べて眠いのがまんしとった仲間や思うたら、話くらいはなんぼでも聞くで。

――私、いいかげん、生き返りたいと、思う。

――そやなあ。そらいいかげん、生き返ってもいいころやな。

――五十歳。天命や。ちょっと昔やったらそろそろ死んでるころやけど、今はまだまだ人生が残ってる。自分にどんだけ残ってるのかわからへんけど、どう考えても今まで生きてた時間より、残り時間のほうが少ないやん。

――そやろな。

――だから、まだ身体がちゃんと生きてるんやったら、それなりに生きてた歳月を身につけて、ちゃんと年取りたいねん。そんで残りの人生の時間を、ちゃんと、それなりにふさわしい感じで生きたいねん。

　キジマさんが空を見上げた。乾いた青い空に、その色を透かす淡い雲が浮かんでいる。ちょっとこっち来て、とキリオの顔をちらりと見てから、キジマさんが土手を降りていった。キリオはまばたきを何度かしてキジマさんのあとを追って降りていく。

――なんや？

――とにかく来て。

風になびく枯れ草を踏んで、二人は川べりへと降りていく。川面は冬の光を照り返してきらきらと光っている。

キジマさんが川べりのブロックの上に座ったので、キリオも隣に座った。キジマさんは膝を抱えて、キリオは足をのばしている。

――川、きれいやね。こういうのって、いつ見てもきれいやわあ、って感心するわ。一緒に、机並べて習ったよね、私たち。ゆく河の流れは絶えずして、しかももとの水にあらず、って。

――はあ、なんやったっけ、それ。

――方丈記やないの、鴨長明の。冒頭のとこ、古典の先生に覚えさせられて、みんな前に出て一人ずつ暗唱したやないの。

――覚えてへんなあ。

――私はよく覚えてるよ。キリオくん、けっこうすらすらゆってたよ。

――ゆく河の流れは絶えずして、しかももとの水にあらず。よどみに浮かぶうたかたは、かつ消えかつ結びて、久しくとどまりたるためしなし。世の中にある人とすみかと、またかくのごとし。

――すごーい。やっぱり覚えているやん、キリオくん。

――ほんまやな。出てくるもんやな。昔のことは。えらいもんやなあ、自分でもびっくりするわ。

――私もあのころは、毎日どうでもええような気持ちで過ごしてたのに、キリオくんがそうやって教室の前でめんどくさそうに、けど、正確にそれ言ってたの見て、かっこええなあ、と思ったん、さっきのことみたいによう思い出せる。

――もう三十年以上前のことやのにな。人間って、ちゃんと続きもんやねんな。

――うん。……ねえ、キリオくん、私をちゃんと続きもんにしてくれへんかな。

――へ？

――キリオくんのそばで、人生の続きもんとして、生活さしてほしいねん。

――は？

――結婚して、とか、恋人になって、とか、あつかましいことは言わへん。ただ、横で一緒に生活だけさしてほしいねん。

——一緒に住まわして、っていうことか？

——そう。

——いや、それは、あかんで。そんなん、恋人になってくれ、っていうか結婚してくれ、というのとおんなじやんか。

キジマさんは、正座して手をつき、頭を下げた。

——この通り。どうかお願い、キリオくん。

——やめえな、土下座なんか。そんなんしても、あかんで。

キジマさんは顔を上げた。髪が半分顔にかかったまま、片目だけでキリオを見る。

——あかんの？　どうしても？

——キジマさんかてさっき、こっちに出てきたときに彼氏がおったってゆうたやん。

——あんな人、とっくに別れた。私のほんとの年言ったら、別れてくれ、やて。

——そんなん、年なんか言わんかったらええやん。

——言わんでも、いつかバレるわ。

——そうか？　年なんか、どうでもええのにな。

——どうでもええんやったら、私を隣に置いてください。

——なんでそんなこと思うんや？

――だから、ちゃんとおっさんになった同級生のキリオくんのこと毎日眺められたら、そうや、こんなふうに年取ればいいんやって、私の身体が納得してちゃんと年取っていってくれる気がすんねん。

――それはどうやろなあ。

――とにかくそれ、してみたいねん。キリオくん、結婚してないんやろ？　独身なんやろ？　私がそこに入り込んでも、困ること、別にないよね。私、ちゃんと家賃とか食費とかも払うし、洗濯とか掃除とかご飯作りとか、なんでもするよ。病気したらおかいさんとかも作ったげる。

――そんなん、別にしてくれんでもええけど。オレ、今まで一人でなんでもしてきたんやし。

――キリオくん、ずっと一人で、淋しないの？

――ずっと、って、わけやなかったで。

――まさか今、好きな女の人がいてるとか？

――いや、今は……そうやな……。

キリオの語尾が急に小さくなったのに気づいたキジマさんが、キリオの腕を取った。

――いてるんや、好きな人。

——いてるっていうか、いてないっていうか……。

——いてるんや。

——今は、いてない。十年待つって、約束した子がおるんや。

——十年？

——そうや。十年経って戻ってきたらずっと一緒に暮らそうって、約束した。今は、どこでなにしとるか知らん。十年は、そうやな、修行期間っちゅうか、まあ、そんなもんや。

　キジマさんがキリオの腕から手を放した。

——ようわからへん。修行って、なんやの。なんかの秘義伝授のためとかやったらなんかわかるけど、なんで好きな人と暮らすのに、十年どこでなにしてるかわからん時間を待たなならんの？

——あらためてそない訊かれたら、オレもようわからん。なんかそんときは、そんなふうに思ってしまったんや。

——キリオくんのほうから十年待つってゆうたん？

——そうや。その子がな、オレとおったらお姫様扱いされてダメになるってゆうて泣いてたからな。

――お姫様扱い？　キリオくんが？　そんなんしてくれるわけあらへんやん。

――オレかて、ちゃんとするときはするんや、っていうても別に特別なことをしたわけちゃうけどな。

――そうや、キリオくんはいっつも、特別なことなんか、なんもせえへん人やった。普通やった。けど、普通やなかった。

――どっちやねん。

――普通のようでぜんぜん普通やないのに結果的に普通に生きてる。

――ようわからんな。

――そういう「普通」に、私、憧れてたんやわ。今、わかったわ。

キジマさんが立ち上がった。

――勝手にいろいろ思って勝手に納得しはる人やな。

キリオも立ち上がった。キジマさんはくるりとキリオに身体を向けると、いきなり抱きついた。ふいをつかれてキリオはよろける。

――うわ、あぶない、なにすんねん。川に一緒に落っこちてしまうがな。

――落ちたい。いっそ二人で落ちたい。

――やめ……。

キリオの鼻先にあるキジマさんの黒髪から、淡い林檎の香りがしてくる。学校の教室におった女の子って、みんなこんな匂いしてたなあ、とキリオはぼんやりと思い出す。あのときかわいかったキジマミエコちゃんは、今もぜんぜん変わらんかわいいキジマミエコちゃんのままやねんなあ、と心の中で思い、ぶら下げていた両手を持ち上げて、そっとキジマさんの背中に回した。

——ほんなら、十年。

キジマさんが顔を上げて、キリオの目を見た。

——その子が戻ってくる十年の間だけ、私をおらして。

——十年、か。オレら、六十になるんやな。

——そう。一緒に還暦やあ、て言い合って、赤い服着て笑お。な？

——うーむ。そうやなあ。

キリオはキジマさんの背中にまわした腕をゆるめて肩に手を当てて、身体を離した。キジマさんは、目を見開いてキリオをじっと見つめている。

——今はまだはっきり返事できへんな。もう少し、考えてみるわ。ほな。

キリオは、キジマさんにさっと背中を向けると、土手を駆け上がった。キジマさんはキリオを追いかけることはせず、ぼんやりとその背中が遠ざかるのを見送った。

それから何か月もの時が流れたが、キリオのほうからキジマさんに連絡をすることはなく、キジマさんからも連絡がなく、そのままなにごともなく日々が過ぎていった。

そしてキリオは今日もキオスクの中に立っている。

――今日は、なんだか暇ですわね。

ヨシノさんがキリオの横でぽつりと言った。

――はあ、そうですね。

――私ね、このお仕事、やめようかと思っていますの。

――え、そうなんですか、ヨシノさん。

――ええ、もうあなたの隣で人生の大切な時間を無駄にしていくのは、やめにしようと思いましたの。

――はあ。ってなにもそんな嫌な言い方しなくても。これまで一緒に協力してがんばって仕事してきたのに……。そんなにオレ、ダメでしたか……。

キリオがあからさまにしょぼんとした様子を見せたので、ヨシノさんがあわてて、違いますって、とキリオの背中を叩いた。

――もうっ。今日、なんの日かわかってないんですか。

——なんの日って、今日は確か、四月の……一日……。あ。

——そう、四月一日、エイプリルフールでございます。

——なんやそうか。嘘ついてもええ日か。ほんなら嘘やったんか、さっき仕事やめるって言ったんは。

——そうです。

——なんやひねりのない、おもろない嘘ですな。

——まさかの「嘘にダメ出し」ですか。

——どうせ嘘つくんなら、もちょっとユーモアがないとあきまへんな。ヨシノさんが仕事やめるって言い出すなんて、リアルすぎて、笑われへんやん。

——そりゃまそうですな。ってなんだか大阪弁がうつってしまいました。

ヨシノさんの目が半眼になっている。

——それにしてもキリオさんにダメ出しされるとは、ショックです。

——なはははは。

——キリオくん、その笑い方、昔からぜんぜん変わってへんわ。

キオスクの前に、キジマさんがにこにこと立っていた。

——おお、キジマさん、久しぶりやんか。あんたもオレを騙しにきはったんか？

——そんなわけないやん。そろそろ返事を聞きにきたんやないですか。

——ああ……あれ……。

照れくさそうにうつむくキリオを見て、ヨシノさんが眉を上げた。

——キリオさん、今度は高校生に、なにかなさったのですか。

——いや、高校生ちゃいますよ。この人、オレの高校のときの、同級生です。

——嘘でしょう。キリオさんこそ、ユーモアが足りませんよ。

——そりゃあ、ほんとのことですもん。えっと、ちょっと、席はずしていいですか。

——どうぞ、ごゆっくり。警察のお世話になるようなことだけは勘弁してくださいよ。

そんなんちゃいますって、とキリオは半笑いになりながら、キジマさんをホームの端まで連れていった。キリオは、ホームの先端に立って線路を見つめる。キジマさんはその横で、まぶしげにキリオの視線を追った。

——オレ、こっから線路眺めるの好きでな。なんべんもなんべんも、数えきれへんくらい見てるのに、まだまだずっと見ていたいねん。線路って、想像するだけやったらまっすぐなだけやろうけど、ちゃんとこうやって見てみたらけっこう曲がってるし、高低差もあるやろ。そんで確実に遠くから来て、遠くに行くんや。線路は途中から見えんようになってしまうけど、絶対に遠くまで続いてる。電車を、こっちやでえって、オレらが今見ることのできない遠くまで黙って連れていくんや。そういうことが起きてる途中にあるキオスクで仕事できんのが、オレはなんか、うれしいんやな。

キリオは腕を組んで遠くを見ている。キジマさんはキリオを斜め後ろからじっと見ている。

——キリオくんは、意外とロマンチストやねんな。なんとなくそんな気もしてたけど。ずっと、どこか遠くへ行きたいな、と思うてるけど、結局どこへも行かんと、遠くを憧れている、その憧れる気持ちが大事な人なんやな。

——それは、そうなんかもしれへんな。結局十年一日のごとく、毎日ここでおんなじことしてるんやからな。

——その、十年のことなんやけど。

——ん？

——十年経ったら、その、約束した人、絶対に戻ってきはんの？

——うーん。実は確実やないねん。もともと突然やってきて、突然いなくなって、また突然戻ってきたり、超きまぐれやってん。十年経っても二度と戻ってけえへんかもしれへんし、十年経たんまに、また来よるかもしれへん。

——超きまぐれやねんな。

――そうや。

――そんな、超きまぐれ人に合わせて人生を流してばっかりでええの？　キリオくん。

――ゆく河の流れは絶えずして、しかももとの水にあらず、やな。流れに流されても

まったくおんなじ時間ってわけやなくて、なんか変わっていってるよ。それがおもし

ろいんやな。年取るってな。

――なんべんも言うけど、私、キリオくんのそばでほんまに年を取りたい。

――しかし、なんでオレなん？　あんたやったらもっと……。

――ずっと好きやったんは、キリオくん一人やったんちがうかなって、今思えてしょ

うがないんよ。

――オレと一緒に暮らしたら、ほんまにあんたの時間取り戻せるんかな。

――取り戻せると思う。

――そうかな。

――そうやよ。

――うーん。

――決めて。いや、決めなくていい。

――どっちやねん。って、あんたはよう思わせてくれますな。

――私はとにかく、キリオくんのおっさんの煮汁が欲しいのよ。

――そんなものは、分けてあげれる気がせえへんが。

――実験さしてください。

――オレはしかしそんなこととして、ミイコが戻ってきたらなんて言えばいいやろか。

――ミイコっていうんですか、その人。でも、いつ帰ってくるか来ないかわからないミイコは、もう今の時点でフィクションやないですか。私は今、目の前にいます。私のほうが、現実です。

――その姿は、現実として受け入れがたいけどな。

――私をほんとうの現実にしてください。

――ううむ。しかしなんか違和感あるなあ。と思いながらも人に流されてええように扱われてしまうんやな。なんかオレ、たまにはちゃんとノーと言える男にならんとあかんのちゃうかな。

――ノーと言える男になったら、キリオくんがキリオくんでなくなる気がする。

――オレがオレでなくなったら、なんになるんやろな。

キリオが、はは、と乾いた笑いを線路に向けて放った。

――キリオくんがキリオくんでなくなったら……新しいキリオくんになるんやろね。

私、新しいキリオくんになっても、キリオくんのそばにおりたいって思うやろか。うん、思う気がする。

——オレは、ようわからんなあ。自分の気持ちはようわからんなあ。そんなもん、ないのかもしれへんなあ。

——気持ち、一緒に作らしてよ。

——まあ、たしかに気持ちっちゅうもんは、一緒に作るもんでもあるよな。

そのとき、二人の目の前を、特急電車が通過した。キリオとキジマさんの髪や服の端が、同じ方向にばさばさと揺れる。轟音が二人の身体を通過して遠ざかっていく。

——ここに止まってくれへん電車のことは、けっ、と思ってまうな。

——キリオくん、心狭いわ。

——しかしあれやな。

キリオは、キジマさんの顔をじっと見つめた。

——あんたちょっと老けたんちゃうか。

——え、ほんま?

——うん、ほんま。老けた。こないだ会ったときより。高校生やのうて、大学生くらいには、なった。

——ほんまに。うれしい。

——まあ、あんたのやりたいようにしなはれ。もうなんもオレは止めへんわ。特急電車がばーって行ってしまうのんを止められへんように。流れていく川のことも、止められへんしな。強引なマドンナは、マドンナ然と好きなように、やりたいことしてみなはれ。

——ほんまにええの？

キリオがゆっくりうなずいた。

——人生のコツは、深刻になりすぎへんことやしな。そや、オレのキオスクには、おっさんの煮汁は売ってへんけど、酢昆布ならあるで。あの甘酸っぱいの嚙んでたら、あんたが長いこと抱えとる苦い気持ちをすりつぶせるんちゃうか。オレも好きなんや。あれ嚙んでたら、なんか笑けてくる。どんなことでも笑うてしもうたらええんや。あんたええ加減笑うてみたらどうや、自分がされたことも、してきたことも。そしたらなんかがとけてきて、あんたの煮汁があんたに出てきて、ちゃんと時間が流れるようにしてくれるわ。

——わかった。やってみる。

キジマさんが、キリオのほうにそっと身体を傾けた。

人生のコツは、深刻になりすぎへんことやしな
キリオ

本書は二〇一二年一〇月、筑摩書房より刊行されました。

文庫版あとがき

今回の文庫化にあたり、久しぶりにこのキリオの物語を読み返し、なんだかキリオという人物に私自身も会ってみたくて仕方がなくなった。自分の生み出した小説のキャラクターに会いたい、なんて感情を持ったことは他にはないので、キリオは私にとって特別な存在なのかと思う。

そもそもキリオという「おっちゃん」は、偶然というか、ふいに、というか、思わず、というか、とにかく論理的な思考回路ではないところから生まれた。即興で小説を語っているうちに生まれたのだ。

私は、なんらかの題を与えられてイメージをふくらませて作品化する、ということを、長年携わっている短歌や俳句でときどき行うのだが、それを小説で行った場合はどうなるだろうか、という興味から、イベントなどで即興の物語を綴る試みをしている。観客や共演者から言葉をもらい、そこからイメージしたものと、その場に見えるもの、さっきまで話していたこと、その日見聞きしたこと、空気感、そういったものを即時に取り込みながら、口頭で話を綴っていくのである。どんどん奇想天外な、摩訶不思議な世界へとつきすすんでしまうことが多いのだが、即時性ならではの大胆さや、深層心理へのアプローチもあるような気がしている。

最初の、ミイコとキリオとへびのエピソードは、そんな即興で生まれた話をほぼ忠実に再現して仕上げたものである。物語の主人公は、最初は、年齢不詳で男女の区別もなく、人生の背景もどんな性格なのかもわからないままである。その、なんの色も持たない主人公が、あるとき池で跳ねているへびを見つけ、淋しいからに違いないと捕まえて家に持ち帰る。しばらくすると、一人の少女が訪ねてくる。あなたのことが好きだから、一緒に暮らしたいと言う。めんくらう主人公は、こんなおっちゃんのどこがいいのかと答える。ここで、主人公は「おっちゃん」だったのか、と話者である私は思うのだ。「おっちゃん」が、一度も会ったこともないのになぜ自分のことを好きなのかと問うと、少女は、会ったことはある、知っている、いつも見ている、と言う。どこで見たのかと尋ねると、キオスクで働いているところをいつも見ていた、と言うのである。この「おっちゃん」は、「キオスク」で働いていたのか、と私は新鮮な気持ちで受け止めた。この瞬間に「キオスク」で働く「おっちゃん」こと「キリオ」が生まれたのである（この時点ではまだ名前は決まっていなかったが）。

なぜ「おじさん」ではなくて「おっちゃん」なのかと言うと、このときの即興は、関西弁で話し始めたからである。最初に標準語でやるか、関西弁で話すかで、話の雰囲気がずいぶん変わる。標準語での即興話は、どこかシリアスで神秘的な方向に流れがちなのだが、関西弁は、ついついおかしみを醸し出す方向に流れがちになる。私はもともと関西育ちなのだが、東京に来て三十年近くなるため、普段は標準語で話している。しかし実家のある関西で過ごすときは関西弁に戻る。すると、人格まで変わってしまうように思う。関西弁による会話はなめらかで調子がよく、自然にユーモラスになる。

しかし、小説としてテキスト化するにあたって、標準語に戻そうとした。関西弁を使うことで生じる特殊性から逃れて組み立て直そうとしたのだが、なかなかうまくいかなかった。関西弁の生理的な味わいは、標準語に置き換えることができないのだ。「うち、おっちゃんのこと、好きやねん」を「私、おじさんのこと、好きなんです」とすると、語り手はまるで別人だし、話し相手との関係性もまるでちがった、深刻すぎる感じになってしまう。

あかん、いったん「おっちゃん」として生まれた人は、「おじさん」にはなられへんわ、と関西弁で思ったことだった。

かくしてキオスクで働く関西弁のおっちゃん、というキャラクターが確定した。「キリオ」という名前は、即興小説のテキスト化の段階で考えてつけた名前である。最初は直感で「トキオ」にしていたのだが、もう少し「キオスク」という響きのおもしろさと響き合う名前にしたいと思い、「キリオ」にした。少々駄洒落のようだが、キオスクと仲のいい響きを優先した。

つらつらと「キリオ」のメイキングを書いてしまったが、とにかく、とっさに思いついた場面から、キリオという人物は偶然生まれたのである。偶然といっても、語り手である私の内側からぽろりとこぼれた言葉によって形作られていったのである。論理的に構築して作られた人物よりも、より根源的なものに触れているような気もする。つまり、偶然の産物のようで、必然性もあったのではないか。即興によって無意識の中から引き出された深層心理。そこからやってきた「キリオ」だからこそ、会ってみたいと思うのではないかと思うのである。

関西弁のユーモラスな味わいは、深刻なことをやわらげ、ある種の味わいに変えるとともに、ある種の泥臭さも連れてくる。人間の匂いまで再現するような大阪弁で書かれたものは、魂にダイレクトに響いて、ゆさぶられることがある。そこに絵がついてたら、ますます迫力が増して、ゆさぶられすぎて、困る。

今回、装画とカットを描いて下さった森下裕美さんの漫画『大阪ハムレット』は、大阪が舞台で、みんな関西弁を話す。人間の悲しさやずるさ、あたたかさやつめたさ、情けなさ、美しさ、その他いろいろなものがデフォルメされた表情からほとばしる。ほんとうに、ほんとうに揺さぶられた漫画だった。この漫画短編集の中に、「東直子《あずま》」という名前の、鋭いつり目の、少しとんがったところのある少女が登場する。少女は、石川啄木の短歌に興味を覚えている。読み方は異なるものの、同じ名前で短歌が関わるという共通点に、偶然なのか恣意的なのかを想像しつつ、勝手にときめいていた。

今回の文庫化にあたり、各短編のキリオのセリフを抽出して、新たな余韻として末尾につけようというアイディアを編集の喜入冬子さんからいただいた。キリオのキャラクターを作って、吹き出しのようにそれを置こうということになったとき、森下さんの絵柄が浮かんだ。『大阪ハムレット』に登場する、さまざまなおっちゃんたち。泥くささも含めて、キュートで愛嬌のあるその姿。少々毒を感じるところがまた魅力的だった。森下さんがキリオを描いてくれたらどうなるだろう、描いていただきたい、とわくわくして、お願いしたのだった。

切望かない、描いていただいた森下版キリオ。私がぼんやり思い浮かべていた姿とは少し違うけれど、なんだか心引かれて、いろいろなことを打ち明けたり、相談したりしたくなる情の深さがにじみ、うれしくなった。森下さん、たいへんありがとうございます。

新たなビジュアルイメージを得たキリオが、いろいろな人の心の中で、キオスクを舞台にした会話劇を繰り広げてもらえたら、本当にうれしいです。

二〇一六年　冬のはじまりに

東　直子

とりつくしま 東直子

死んだ人に「とりつくしま係」が言う。モノになってこの世に戻れますよ。妻は夫のカップに弟子は先生の扇子になった。連作短篇集。（大竹昭子）

回転ドアは、順番に 穂村弘 東直子

ある春の日に出会い、そして別れるまで。気鋭の歌人ふたりが、見つめ合い呼吸をはかりつつ投げ合う、スリリングな恋愛問答歌。（金原瑞人）

絶叫委員会 穂村弘

町には、偶然生まれては消えてゆく無数の詩が溢れている。不合理でナンセンスで真剣だからこそ可笑しい、天使的な言葉たちへの考察。（南伸坊）

という、はなし 吉田篤弘 文 フジモトマサル 絵

読書をめぐる24の小さな絵物語集。夜行列車で、灯台で、風呂で、車で、ベッドで、本を開く。開いた人と開いた本のひとつひとつに物語がある。

少しだけ、おともだち 朝倉かすみ

ご近所さん、同級生、バイト仲間や同僚――仲良しとは違う微妙な距離感を描いた短篇集。書き下ろし二篇を含む十作品。（まさきとしか）

虹色と幸運 柴崎友香

珠子、かおり、夏美。三〇代になった三人が、人に会い、おしゃべりし、いろいろ思う一年間。移りゆく季節の中で、日常の細部が輝く傑作。（江南亜美子）

冠・婚・葬・祭 中島京子

人生の節目に、起こったこと、出会ったひと、考えたこと。冠婚葬祭を切り口に、鮮やかな人生模様が描かれる。第143回直木賞作家の代表作。（瀧井朝世）

通天閣 西加奈子

このしょーもない世の中に、救いようのない人生に、ちょっぴり暖かい灯を点す驚きと感動の物語。第24回織田作之助賞大賞受賞作。（津村記久子）

この話、続けてもいいですか。 西加奈子

ミッキーこと西加奈子の目を通すと世界はワクワク、ドキドキ輝く。いろんな人、出来事、体験がてんこ盛りの豪華エッセイ集！（中島たい子）

泥酔懺悔 朝倉かすみ、中島たい子、瀧波ユカリ、平松洋子、室井滋、中野翠、西加奈子、山崎ナオコーラ、三浦しをん、大道珠貴、角田光代、藤野可織

泥酔せずともお酒を飲めば酔っ払う。お酒の席は飲める人には楽しく、下戸には不可解。お酒を介した様々な光景を女性の書き手が綴ったエッセイ集。

屋上がえり　石田千

屋上があるととりあえずのぼってみたくなる。百貨店、病院、古書店、母校……広い視界の中で想いを紡ぐ不思議な味のエッセイ集。（大竹聡）

るきさん　高野文子

のんびりしていてマイペース、だけどどっかヘンテコな、るきさんの日常生活って？　独特な色使いが光るオールカラー。ポケットに一冊どうぞ。

かんたん短歌の作り方　枡野浩一

自分の考えをいつもの言葉遣いで分かりやすく表現する――それがかんたん短歌。でも簡単じゃない！（佐々木あらら）

一人で始める短歌入門　枡野浩一

「かんたん短歌の作り方」の続篇。CHINTAIのCM「いい部屋みつかっ短歌」の応募作を題材に短歌を指南。毎週10首、10週でマスター！

倚りかからず　茨木のり子

もはや／いかなる権威にも倚りかかりたくはない……話題の単行本に3篇の詩を加え、高瀬省三氏の絵を添えて贈る決定版詩集。（山根基世）

一本の茎の上に　茨木のり子

「人間の顔は一本の茎の上に咲き出た一瞬の花である」表題作をはじめ、敬愛する山之口貘等について綴った香気漂うエッセイ集。（金裕鴻）

茨木のり子集　言の葉（全3冊）　茨木のり子

しなやかに凜と生きた詩人の歩みの跡を、詩とエッセイで編んだ自選作品集。単行本未収録の作品なども収め、魅力の全貌をコンパクトに纏める。

こちらあみ子　今村夏子

あみ子の純粋な行動が周囲の人々を否応なく変えていく。第26回太宰治賞、第24回三島由紀夫賞受賞作。書き下ろし「チズさん」収録。（町田康／穂村弘）

さようなら、オレンジ　岩城けい

オーストラリアに流れ着いた難民サリマ。言葉も不自由な彼女が、新しい生活を切り拓いてゆく。第29回太宰治賞受賞・第150回芥川賞候補作。（小野正嗣）

沈黙博物館　小川洋子

「形見じゃ」老婆は言った。死の完結を阻止するために形見が盗まれる。死者が残した断片をめぐるやさしくスリリングな物語。（堀江敏幸）

青空娘　源氏鶏太

主人公の少女、有子が不遇な境遇から幾多の困難にぶつかりながらも健気にそれを乗り越え希望を手にする日本版シンデレラ・ストーリー。（山内マリコ）

最高殊勲夫人　源氏鶏太

野々宮杏子と三原三郎は家族から勝手な結婚話を迫られるも協力してそれを回避する。しかし徐々に惹かれ合うお互いの本当の気持ちは……。（千野帽子）

落穂拾い・犬の生活　小山清

明治の匂いの残る浅草に育ち、純粋無比の作品を遺して短い生涯を終えた小山清。いまなお新しい、清らかな祈りのような作品集。（三上延）

コーヒーと恋愛　獅子文六

恋愛は甘くてほろ苦い。とある男女が巻き起こす恋模様をコミカルに描く昭和の傑作が、現代の「東京」によみがえる。（曽我部恵一）

てんやわんや　獅子文六

戦後のどさくさに慌てふためくお人好し犬丸順吉は社長の特命で四国へ身を隠すが、そこは想像もつかない楽園だった。しかしそこは……。（平松洋子）

娘と私　獅子文六

文豪、獅子文六が作家としても人間としても激動の時間を過ごした昭和初期から戦後、愛娘の成長とともに自身の半生を描いた亡き妻に捧げる自伝小説。

七時間半　獅子文六

東京—大阪間が七時間半かかっていた昭和30年代、特急「ちどり」を舞台に乗務員とお客たちのドタバタ劇を描く隠れた名作が遂に甦る。（千野帽子）

悦ちゃん　獅子文六

ちょっぴりおませな女の子、悦ちゃんがのんびり屋の父親の再婚話をめぐって東京中を奔走するユーモアと愛情に満ちた物語。初期の代表作。（窪美澄）

自由学校　獅子文六

しっかり者の妻とぐうたら亭主に起こった夫婦喧嘩をきっかけに、戦後の新しい価値観をコミカルかつ鋭い感性と痛烈な風刺で描いた代表作。（戌井昭人）

小路幸也少年少女小説集　小路幸也

「東京バンドワゴン」で人気の著者による子供たちを主人公にした作品集。多感な少年期の姿を描き出す。単行本未収録作を多数収録。文庫オリジナル。

話虫干 小路幸也

夏目漱石「こころ」の内容が書き変えられた！ それは話虫の仕業。新人図書館員が話の世界に入り込み、「こころ」をもとの世界に戻そうとするが……。

図書館の神様 瀬尾まいこ

赴任した高校で思いがけず文芸部顧問になってしまった清（きよ）。そこでの出会いが、その後の人生を変えてゆく。鮮やかな青春小説。（山本幸久）

僕の明日を照らして 瀬尾まいこ

中2の隼太に新しい父が出来た。優しい父はしかしDVする父でもあった。この家族を失いたくない！ 隼太の闘いと成長の日々を描く。（岩宮恵子）

聖女伝説 多和田葉子

少女は聖人を産むことなく自身が聖人となれるのか？ 著者の代表作にして性と生と聖をめぐる少女小説の傑作がいま蘇る。書き下ろしの外伝を併録。

君は永遠にそいつらより若い 津村記久子

22歳処女。いや「女の童貞」と呼んでほしい――。日常の底に潜むうっすらとした悪意を独特の筆致で描く。第21回太宰治賞受賞作。（松浦理英子）

アレグリアとは仕事はできない 津村記久子

彼女はどうしようもない性悪だった。すぐ休み単純労働をバカにし男性社員に媚を売る。大型コピー機とミノベとの仁義なき戦い！（千野帽子）

まともな家の子供はいない 津村記久子

セキコには居場所がなかった。うちには父親がいる。うざい母親、テキトーな妹。まともな家なんてどこにもない！ 中3女子、怒りの物語。（岩宮恵子）

ピスタチオ 梨木香歩

棚（たな）がアフリカを訪れたのは本当に偶然だったのか。不思議な出来事の連鎖から、水と生命の壮大な物語「ピスタチオ」が生まれる。（管啓次郎）

星間商事株式会社社史編纂室 三浦しをん

二九歳「腐女子」川田幸代、社史編纂室所属。恋の行方も友情の行方も五里霧中。仲間と共に「同人誌」を武器に社の秘められた過去に挑む!?（金田淳子）

つむじ風食堂の夜 吉田篤弘

それは、笑いのこぼれる夜。――食堂は、十字路の角にぽつんとひとつ灯をともしていた。クラフト・エヴィング商會の物語作家による長篇小説。

ちくま文庫

キオスクのキリオ

二〇一七年一月十日　第一刷発行

著者　東直子（ひがし・なおこ）
発行者　山野浩一
発行所　株式会社　筑摩書房
東京都台東区蔵前二―五―三　〒一一一―八七五五
振替〇〇一六〇―八―四一二三
装幀者　安野光雅
印刷所　星野精版印刷株式会社
製本所　株式会社積信堂

乱丁・落丁本の場合は、左記宛にご送付下さい。
送料小社負担でお取り替えいたします。
ご注文・お問い合わせも左記へお願いします。
筑摩書房サービスセンター
埼玉県さいたま市北区櫛引町二―六〇四　〒三三一―八五〇七
電話番号　〇四八―六五一―〇〇五三

ISBN978-4-480-43423-4 C0193